A METAMORFOSE

Franz Kafka

A Metamorfose

Tradução
Ciro Mioranza

Lafonte

Título original – Die Verwandlung
Copyright da tradução © Editora Lafonte Ltda. 2018

Todos os direitos reservados.
Nenhuma parte deste livro pode ser reproduzida por quaisquer meios existentes sem autorização por escrito dos editores e detentores dos direitos.

Direção Editorial	*Ethel Santaella*
Tradução	*Ciro Mioranza*
Revisão	*Rita Del Monaco*
Diagramação	*Demetrios Cardozo*
Capa	Bodor Tivadar/Shutterstock (imagem), Dida Bessana (textos)

Dados Internacionais de Catalogação na Publicação (CIP)
(Câmara Brasileira do Livro, SP, Brasil)

```
Kafka, Franz, 1883-1924
   A metamorfose / Franz Kafka ; tradução Ciro
Mioranza. -- São Paulo, SP : Lafonte, 2021.

   Título original: Die Verwandlung
   ISBN 978-65-5870-157-6

   1. Ficção alemã I. Título.

21-76840                                    CDD-833
```

Índices para catálogo sistemático:

1. Ficção : Literatura alemã   833

Eliete Marques da Silva - Bibliotecária - CRB-8/9380

Editora Lafonte

Av. Profª Ida Kolb, 551, Casa Verde, CEP 02518-000, São Paulo-SP, Brasil
Tel.: (+55) 11 3855-2100, CEP 02518-000, São Paulo-SP, Brasil
Atendimento ao leitor (+55) 11 3855-2216 / 11 – 3855-2213 – *atendimento@editoralafonte.com.br*
Venda de livros avulsos (+55) 11 3855-2216 – *vendas@editoralafonte.com.br*
Venda de livros no atacado (+55) 11 3855-2275 – *atacado@escala.com.br*

ÍNDICE

Capítulo I
13

Capítulo II
45

Capítulo III
79

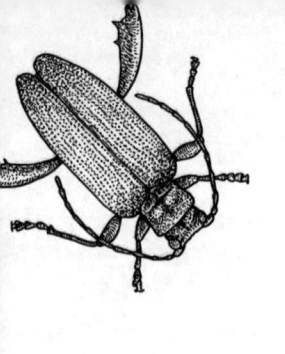

Apresentação

Franz Kafka nasceu em 1883, na cidade de Praga, capital da atual República Tcheca. Formou-se em Direito na Universidade local, mas trabalhou quase toda a vida como funcionário de companhias de seguros. Queixava-se que suas funções de empregado lhe deixavam pouco tempo para escrever, sua verdadeira paixão. Em 1917, foi diagnosticado com tuberculose e abandonou o emprego, mas continuou escrevendo. Internado num sanatório nos arredores de Viena, veio a falecer dessa enfermidade em 1924, pouco antes de completar 41 anos.

Embora tcheco, Kafka considerava o alemão como sua língua materna e, por essa razão, escrevia quase exclusivamente nesse idioma. Deixou obra razoavelmente extensa, em boa parte inacabada, por causa de sua morte prematura. Quase todos os seus escritos foram publicados postumamente por especial interesse de um amigo, Max Brod, que contrariou instruções recebidas do autor para incinerá-los. Figura notável da literatura do século

XX, Kafka deixou seu nome ligado a situações existenciais caóticas, opressivas, absurdas e sem saída, temas que soube explorar como ninguém. Entre romances, contos e novelas, destaca-se A *metamorfose*, primeira obra de Kafka a ser publicada (escrita em 1912, veio a público no ano de 1915). Ela abre para o mundo a mente de um novo escritor que se compraz, ao que parece, em abordar o absurdo, o inverossímil, o lado inimaginável e aterrorizante da existência, com todos os seus desdobramentos e consequências na convivência dos seres humanos. Não é só o contraste que impressiona; é o humor negro que predomina. Não é somente o choque brutal que apavora; é o irracional e impensável que se escancara e prostra. Menos mal que, no decorrer do texto, o autor injeta breves situações de bom humor, como se quisesse conferir um pouco mais de leveza e palatabilidade à sua história.

A trama de A *metamorfose* envolve um jovem vendedor ambulante de tecidos ou caixeiro-viajante, como se dizia antigamente, que, certa manhã, acorda transmutado num inseto monstruoso e gigante (poder-se-ia imaginar uma barata imensa ou um besouro descomunal). Como é que a família do jovem vai reagir ante o fato? Como vai enfrentar a situação? Como é que o metamorfoseado vai se comportar? E os demais em relação a ele? Existiria relacionamento possível entre ambas as partes? A tantas outras perguntas e situações, o autor responde aberta ou implicitamente, numa análise tão profunda quanto possível ante a possibilidade e a viabilidade de convívio entre o ser humano em sua vida normal e o bicho-homem em sua vida metade humana, metade animal. Tudo pode acontecer, tudo acontece, entre idas e vindas, medos e curiosidades, sustos e apreensões, aceitação e esperança, aversão e rejeição, indiferença e ataque, cansaço, nervosismo e dor. No auge da tensão, o bicho-homem morre, prenúncio da verdadeira libertação do imponderável e do surreal.

O tradutor

A METAMORFOSE

CAPÍTULO I

Certa manhã, Gregor Samsa, ao acordar depois de sonhos agitados, viu-se em sua cama, transformado num monstruoso inseto. Estava deitado de costas, costas duras como uma couraça, e viu, ao levantar um pouco a cabeça, sua barriga encovada e escura, levemente arredondada e dividida por reforços arqueados, em cima da qual as cobertas, prestes a deslizar inteiramente, ainda mal podiam se suster. Suas numerosas pernas, lastimavelmente franzinas em comparação com o tamanho dele, se agitavam desesperadamente diante de seus olhos.

"O que me aconteceu?", pensou ele. Não era um sonho. Seu quarto, um autêntico quarto humano, só que um tanto pequeno, permanecia tranquilo entre as quatro paredes bem conhecidas. Acima da mesa, na qual estava desempacotada e espalhada uma série de amostras de tecidos – Samsa era caixeiro-viajante –, pendia a imagem, que ele havia recortado há pouco tempo de uma revista ilustrada e que a havia encaixado numa bela moldura dourada. Representava uma dama de chapéu e de boá, ambos de peliça, e que, sentada em posição ereta, estendia em direção do espectador um pesado regalo de peliça, no qual todo o seu antebraço desaparecia.

O olhar de Gregor voltou-se então para a janela; e o tempo nublado – ouviam-se gotas de chuva batendo no beiral de zinco – o deixou inteiramente melancólico. "Que tal seria se eu voltasse a dormir mais um pouco e esquecesse todas essas bobagens?", pensou ele; mas isso era totalmente impossível, pois estava acostumado a dormir sobre o lado direito e, no estado em que se encontrava no momento, não se sentia capaz de se colocar nessa posição. Qualquer força que fizesse para se jogar para o lado direito, sempre balançava e recaía novamente para a posição de costas. Tentou isso cem vezes, fechou os olhos para não ver suas pernas se agitando e só desistiu quando começou a sentir, no lado, uma leve dor surda que nunca tinha sofrido.

"Ah! meu Deus", pensou, "que profissão fatigante escolhi! Dia após dia, viajando. As agitações dos negócios são muito maiores do que na sede da própria firma e, além disso, me é imposta essa calamidade de viajar, a preocupação com as conexões ferroviárias, as refeições irregulares e ruins e relações humanas que mudam sem cessar, que nunca perduram, que nunca se tornam cordiais. Que o diabo carregue tudo isso!"

Sentiu uma leve comichão no alto da barriga; arrastou-se lentamente de costas para mais perto da cabeceira da cama, a fim de poder soerguer mais facilmente a cabeça; encontrou o local que coçava, totalmente recoberto de pequenos pontos brancos, de que não soube o que pensar; e quis apalpar o local com uma das pernas, mas a retirou imediatamente, pois a esse contato passou a sentir calafrios.

Deslizou de volta para sua posição anterior. "Esse hábito de se levantar cedo", pensou, "deixa a gente completamente idiota. O ser humano precisa ter seu sono. Outros caixeiros-viajantes vivem como mulheres de um harém. Quando eu, por exemplo, volto ao hotel no decorrer da manhã para transcrever os pedidos obtidos, esses senhores estão ainda sentados, tomando o café da manhã. Se eu tentasse fazer isso com meu chefe, seria despedido imediatamente. Aliás, quem sabe se não seria muito bom para mim. Se não me contivesse por causa de meus pais, há muito tempo teria pedido demissão; teria me apresentado diante do chefe e lhe teria dito minha maneira de pensar do fundo do coração. Ele iria cair da poltrona! Também é estranho o modo como se assenta na poltrona e como, do alto dela, fala com o empregado, que, além disso, tem de se aproximar bastante por causa da surdez do chefe. Enfim, ainda não perdi todas as esperanças; uma vez que tiver acumulado dinheiro para lhe pagar a dívida de meus pais – acredito que isso deverá levar ainda cinco a seis anos –, vou fazer isso sem falta. Então, vou cortar rente. Nesse momento, contudo, tenho de me levantar, pois meu trem vai partir às cinco."

Olhou para o despertador que, sobre a cômoda, ressoava seu tique-taque. "Deus do céu!" pensou. Eram seis e meia e os ponteiros avançavam tranquilamente; já era mais de seis e meia e já se encaminhava para um quarto para as sete. Será que o despertador não havia tocado? Da cama se podia ver que estava bem ajustado para as quatro horas; certamente tinha tocado. Sim, mas era possível dormir tranquilamente com esse toque que fazia tremer os móveis? Bem, tranquilo é que não havia dormido, mas é provável que o sono tinha sido bem mais profundo. Mas o que deveria fazer agora? O trem seguinte partia às sete horas; para tomá-lo, deveria se apressar como louco e a série de amostras não estava embalada e ele próprio estava longe de se sentir particularmente disposto e ágil. E mesmo que conseguisse tomar o trem, isso não haveria de evitar uma explosão do chefe, pois o contínuo da firma o teria esperado na partida do trem das cinco e já teria comunicado há muito tempo sua falta. Era uma criatura do chefe, sem dignidade nem inteligência. E se informasse que estava doente? Mas seria extremamente penoso e suspeito, pois, durante os cinco anos de serviço, Gregor nunca tinha estado doente uma vez sequer. Certamente o chefe viria acompanhado do médico do seguro de saúde, recriminaria os pais por causa da preguiça do filho e rebateria todas as objeções, baseando-se nas indicações do médico do seguro de saúde, para quem só existem pessoas gozando de ótima saúde, mas preguiçosas. E, de resto, estaria totalmente errado nesse caso? De fato, à parte essa sonolência realmente supérflua para quem tinha dormido muito tempo, Gregor se sentia muito bem e tinha até mesmo uma fome particularmente intensa.

 Enquanto refletia na maior pressa sobre tudo isso, sem poder decidir-se a deixar a cama – o despertador acabava de marcar um quarto para as sete –, alguém bateu cautelosamente à porta que ficava perto da cabeceira de sua cama.

 – Gregor – chamou uma voz; era a mãe –, é um quarto para as sete. Você não pretendia viajar?

Que voz suave! Gregor se assustou ao ouvir sua própria voz respondendo; era evidentemente sua voz de antes, mas nela se misturava, como se viesse de baixo, um chiar irreprimível e doloroso, que só no primeiro momento deixava às palavras sua nitidez literal, para em seguida destruir sua ressonância, a ponto de não se saber se a pessoa havia escutado direito. Gregor teria almejado responder detalhadamente e explicar tudo, mas nessas condições se limitou a dizer:

– Sim, sim, obrigado, mãe, já vou me levantar.

Sem dúvida, a porta de madeira impedia que do exterior se notasse a mudança na voz de Gregor, pois a mãe se tranquilizou com essa explicação e se afastou arrastando os pés.

Mas a breve conversa tinha chamado a atenção dos demais membros da família para o fato de que Gregor, contra qualquer expectativa, continuava ainda em casa, e logo o pai batia fraco, mas com o punho, numa das portas laterais, chamando:

– Gregor, Gregor, o que está acontecendo?

E, depois de pouco tempo, reclamou mais uma vez, com voz mais grave:

– Gregor! Gregor!

E, por trás da outra porta lateral, a irmã se lamentava em voz baixa:

– Gregor? Você não se sente bem? Precisa de alguma coisa?

Para ambos os lados, Gregor respondeu:

– Já estou pronto – e se esforçou, por meio de dicção mais cuidadosa e da intercalação de longas pausas entre cada uma das palavras, para retirar de sua voz tudo o que soasse estranho.

O pai voltou a seu café da manhã, mas a irmã sussurrou:

– Gregor, abra, eu lhe imploro.

Mas Gregor nem pensava fazer isso; pelo contrário, se felicitou pela precaução que havia aprendido nas viagens de conservar trancadas à chave todas as portas durante a noite, mesmo estando em casa.

Primeiramente queria levantar-se tranquilo e imperturbado, vestir-se e, sobretudo, tomar o café da manhã; e somente depois pensar no resto, pois se dava conta de que, na cama, com suas reflexões, não chegaria a nada de sensato. Lembrou-se de que muitas vezes já tinha sentido na cama uma dessas pequenas dores, causadas talvez por uma posição desajeitada de se deitar, mas que depois, ao ficar de pé, se revelavam ser puramente imaginárias; e estava ansioso por ver como as ideias que tinha tido pela manhã iriam gradativamente se dissipar. Quanto à mudança da voz, não era outra coisa senão o indício de um belo resfriado, doença profissional dos representantes comerciais; e, a respeito disso, não tinha dúvida alguma.

Tirar o cobertor foi muito simples; precisou somente inflar-se um pouco e ele caiu sozinho. Mas daí em diante tudo ficou mais difícil, especialmente porque era exageradamente largo. Precisaria de braços e mãos para se reerguer; ora, em vez disso, nada mais tinha que as numerosas perninhas, que ininterruptamente faziam os mais diversos movimentos e que, além disso, não conseguia dominá-las. Se quisesse dobrar uma, era a primeira que se estendia; e se chegasse, finalmente, a executar com essa perna o que quisesse, as outras, entrementes, se viam livres e trabalhavam na mais intensa e dolorosa agitação. "Especialmente, não fique aí inutilmente na cama", disse Gregor para si mesmo.

Em primeiro lugar, quis sair da cama com a parte inferior do corpo, mas essa parte de baixo, que, de resto, não tinha visto ainda e da qual não podia praticamente ter uma ideia exata do que fosse, se revelou pesada demais para mover; mexia-se devagar demais e quando, afinal, se irritou e se impeliu com todas as suas forças e sem precaução alguma, aconteceu o que não tinha previsto: bateu violentamente nos pés da cama e a dor pungente que sentiu lhe provou que, no momento, a parte baixa de seu corpo era talvez, nesse momento, a mais sensível de todas.

Por isso tentou, primeiramente, tirar a parte superior do corpo e voltou com cuidado a cabeça para a beirada da cama. Conseguiu isso facilmente e, apesar da largura e do peso, a massa do corpo seguiu lentamente, por fim, a rotação da cabeça. Mas quando, finalmente, manteve a cabeça fora da cama, no ar, ficou com medo de prosseguir desse modo, pois se, enfim se deixasse cair dessa maneira, seria necessário um verdadeiro milagre para não ferir a cabeça. E era precisamente agora que não poderia, de modo algum, perder a consciência; preferia ficar na cama.

Mas quando, uma vez mais, depois de igual esforço, ficou, com um suspiro de alívio, na mesma posição anterior, e viu novamente suas perninhas batendo umas contra as outras, talvez mais descontroladamente que antes, e não encontrou nenhuma possibilidade de restabelecer a calma e a ordem nessa anarquia, disse novamente para si mesmo que era impossível permanecer na cama e que o mais razoável seria enfrentar qualquer sacrifício, se existisse a mínima esperança de se livrar dela. Mas ao mesmo tempo não deixou de se lembrar, nos intervalos, que uma reflexão calma, e bem calma, é melhor que qualquer decisão precipitada. Nesses momentos, ele fitava os olhos mais que possível na janela, mas infelizmente a vista da névoa matinal, que escondia até mesmo o outro lado da estreita rua, não era de modo algum feita para inspirar estímulo e confiança em si. "Já são sete horas", disse consigo, ouvindo o despertador tocar novamente, "já são sete horas e todo esse nevoeiro." E durante um instante ficou tranquilamente deitado, mal respirando, como se esperasse talvez que esse silêncio total restaurasse a situação real e natural das coisas.

Mas em seguida disse para si mesmo: "É absolutamente necessário que eu saia dessa cama antes que soem sete horas e um quarto. Aliás, até então, haverá de vir alguém da firma perguntar por mim, pois abrem antes das sete."

E passou então a balançar seu corpo em toda a sua extensão, numa direção bem definida, para se jogar para fora da cama. Se ele se deixasse cair dessa maneira, era de se supor que a cabeça, que iria mantê-la bem erguida durante a queda, ficaria ilesa. As costas pareciam duras; não sofreriam nada ao cair sobre o tapete. O maior inconveniente a levar em consideração era o forte estrondo que haveria de produzir e que provavelmente haveria de causar, senão susto, pelo menos inquietação atrás de todas as portas. Mas era preciso correr o risco. Quando Gregor já se erguia pela metade para fora da cama – o novo método era mais um jogo que um esforço; bastava-lhe balançar-se sem cessar, aos empurrões – pressentiu como seria simples se alguém viesse ajudá-lo. Duas pessoas fortes – pensou no pai e na empregada – teriam sido suficientes; só precisariam enfiar os braços por baixo de suas costas abauladas, destacá-lo assim da cama, abaixar-se com o fardo e depois simplesmente e com cuidado deixá-lo virar o corpo sobre o assoalho, onde então, era de se esperar, as perninhas passariam a ter alguma função. Só que, sem contar que as portas estavam trancadas à chave, deveria realmente pedir ajuda? Apesar de toda a sua aflição, não pôde reprimir um sorriso a essa ideia.

Já tinha chegado a um ponto em que, ao balançar com mais força, não poderia mais manter o equilíbrio; precisava então se decidir rapidamente, pois só faltavam cinco minutos para as sete horas e um quarto – foi então que tocaram a campainha na porta do apartamento. "É alguém da firma", disse ele para si mesmo, quase petrificado, enquanto suas perninhas dançavam mais freneticamente. Durante um momento, tudo ficou em silêncio. "Eles não abrem", disse Gregor para si, perturbado por alguma esperança absurda. Mas então, natural como sempre, a criada foi com passos firmes até a porta e abriu. Gregor só precisou ouvir a primeira palavra de saudação pronunciada pelo visitante para saber quem era – o gerente em pessoa. Por que Gregor era condenado a trabalhar numa firma em que, pelo menor descuido, logo se levantava a maior suspeita? Será que todos os empregados eram um bando de desleixados; não havia, pois, entre eles um só homem fiel e devotado que, não podendo ter dado algumas horas da manhã para a firma, ficasse totalmente tomado de remorsos e precisamente impossibilitado de sair da cama? Não bastava realmente mandar um jovem aprendiz perguntar – se é que esse interrogatório todo fosse necessário –, tinha de vir o próprio gerente e devia com isso mostrar a toda a família inocente que a investigação desse caso suspeito não podia ser confiada senão ao entendimento do gerente? E foi mais em decorrência da excitação causada por essas reflexões do que em consequência de uma verdadeira decisão que Gregor se atirou com toda a força para fora da cama. Houve uma pancada forte, mas não propriamente um barulho estrondoso. A queda foi amortecida um pouco pelo tapete e, além disso, as costas eram mais elásticas do que Gregor havia pensado; por isso o som abafado não atraiu tanto a atenção. Ele só não havia mantido a cabeça cuidadosamente bem soerguida e bateu com ela; virou-a e, de raiva e dor, esfregou-a no tapete.

– Alguma coisa acabou de cair lá dentro – disse o gerente no cômodo vizinho à esquerda.

Gregor tentou imaginar se algo semelhante ao que lhe havia ocorrido não poderia acontecer um dia também ao gerente; de fato, essa possibilidade não poderia ser descartada. Mas como se fosse uma tosca resposta a essa pergunta, o gerente deu uns passos resolutos no quarto contíguo, fazendo ranger suas botas envernizadas. Do quarto vizinho da direita, a irmã sussurrou para informar a Gregor:

– Gregor, o gerente está aqui.

– Eu sei – disse Gregor para si mesmo, mas sem elevar muito a voz para que a irmã pudesse ouvi-lo.

– Gregor – interveio então o pai no quarto vizinho da esquerda –, o senhor gerente chegou e quer saber por que você não tomou o trem hoje cedo. Não sabemos o que lhe dizer. De resto, ele deseja falar pessoalmente com você. Abra a porta, então, por favor. Certamente terá a bondade de não reparar na desarrumação do quarto.

– Bom dia, senhor Samsa! – interrompeu amavelmente o gerente.

– Ele não se sente bem – disse a mãe ao gerente quando o pai ainda falava atrás da porta – ele não está bem, acredite em mim, senhor gerente. Senão, como Gregor haveria de perder o trem? Esse rapaz só tem o serviço em mente. Eu me sinto até incomodada ao ver que ele nunca sai à noite; agora passou oito dias na cidade, mas ficou todas as noites em casa. Fica sentado à mesa da sala conosco e lê o jornal em silêncio ou verifica os horários de viagem. Para ele, já é um distração ocupar-se com trabalhos de marcenaria. Assim, em duas ou três noites, confeccionou, por exemplo, uma pequena moldura; o senhor vai ficar maravilhado ao ver como é bonita; está dependurada no quarto dele; poderá vê-la, assim que Gregor abrir a porta. Além do mais, estou realmente contente em vê-lo aqui, senhor gerente; nós sozinhos não conseguiríamos persuadir Gregor a abrir a porta; ele é tão teimoso; e certamente não está bem, embora o tenha negado logo de manhã.

– Já vou – disse Gregor lenta e prudentemente, e não se moveu, para não perder uma só palavra da conversa.

– De outro modo, prezada senhora, também não sei como explicar isso – disse o gerente. – Esperemos que não seja nada de grave. Ainda que nós, homens de negócios, devo dizê-lo – infeliz ou felizmente, como se quiser –, precisamos com frequência, por questões comerciais, simplesmente superar uma leve indisposição.

– Então o senhor gerente pode entrar agora em seu quarto? – perguntou o pai impaciente, e bateu novamente à porta.

– Não – disse Gregor.

Seguiu-se um silêncio embaraçoso no quarto da esquerda e, no da direita, a irmã começou a soluçar.

Por que a irmã não ia para junto dos outros? Sem dúvida, ela acabava de se levantar e ainda não tinha começado a se vestir. E por que chorava? Porque ele não se levantava e não deixava o gerente entrar, porque corria o risco de perder o emprego e porque depois o chefe recomeçaria a atormentar os pais com suas velhas exigências! Mas, no momento, essas eram preocupações desnecessárias. Gregor estava sempre ali e nem sequer pensava em deixar sua família. Nesse instante, estava estendido sobre o tapete e ninguém que soubesse do estado dele teria exigido seriamente que deixasse o gerente entrar. Mas por causa dessa pequena descortesia, para a qual seria fácil encontrar ulteriormente uma desculpa conveniente, Gregor não poderia ser demitido de imediato. E ele achava que seria bem mais razoável que o deixassem em paz agora, em vez de importuná-lo com choro e recriminações. Mas era precisamente a incerteza que angustiava os outros e desculpava o comportamento deles.

– Senhor Samsa – interveio então o gerente, elevando a voz –, o que está acontecendo? Você se tranca aí em seu quarto, só responde sim ou não, causa graves e inúteis preocupações a seus pais e – para dizê-lo só de passagem – falta com suas obrigações profissionais de uma maneira realmente inaudita. Falo em nome de seus pais e de seu chefe e peço-lhe seriamente uma explicação imediata e clara. Estou perplexo, estou perplexo. Acreditava conhecê-lo como um homem calmo e sensato, e agora parece que, de repente, pretende dar mostras de surpreendentes caprichos. O chefe, esta manhã, me insinuou uma possível explicação para suas negligências – referia-se aos pagamentos à vista que lhe foram confiados recentemente –, mas na verdade eu quase lhe dei minha palavra de que essa explicação não poderia estar certa. Mas agora, vejo sua incompreensível obstinação e isso me faz perder toda a vontade de intervir em seu favor. E seu emprego não está, de modo algum, totalmente seguro. De início, eu tinha a intenção de lhe dizer isso frente a frente e a sós, mas visto que me faz perder meu tempo inutilmente aqui, não vejo porque seus pais não deveriam tomar conhecimento disso também. Seus resultados, nesses últimos tempos, foram pouco satisfatórios; certamente não é época de fazer negócios extraordinários, bem o sabemos; mas época para não levar a cabo negócio algum, isso não existe, senhor Samsa, não pode existir.

– Mas, senhor gerente – gritou Gregor fora de si, esquecendo todo o resto em sua agitação –, vou abrir logo em seguida, num instante. Um leve mal-estar, uma vertigem, me impediu de me levantar. Estou ainda deitado. Mas agora me sinto bem disposto novamente. Estou para deixar a cama. Mais um breve momento de paciência! Não estou ainda tão bem quanto pensava. Mas já me sinto melhor. Como é que uma coisa dessas pode ocorrer a um homem! Ontem à noite eu estava bem, meus pais o sabem, melhor, desde ontem à noite eu tinha um pequeno pressentimento. Deviam ter notado isso em mim. Por que não preveni a empresa! Mas sempre se pensa superar a doença sem ficar em casa. Senhor gerente! Poupe meus pais. As recriminações que me fez não são justas; além do mais, ninguém me disse nada a respeito. Talvez não tenha visto os últimos pedidos que entreguei. De resto, vou partir com o trem das oito, as horas a mais de repouso me revigoraram. Não perca mais seu tempo, senhor gerente; logo mais vou estar na firma pessoalmente e tenha a bondade de transmitir isso e apresentar meus respeitos ao senhor chefe.

E enquanto despejava todas essas palavras às pressas, quase sem saber o que estava falando, se aproximou com facilidade da cômoda, certamente em decorrência da prática adquirida na cama, e tentava agora se erguer apoiando-se nela. Queria efetivamente abrir a porta, queria efetivamente deixar-se ver e falar com o gerente; estava ansioso por saber o que os outros, que o chamavam com tanta insistência, diriam ao vê-lo. Se ficassem assustados, então Gregor não teria mais nenhuma responsabilidade e poderia ficar em paz. Mas se aceitassem tudo tranquilamente, então Gregor não teria mais razão alguma para se inquietar e poderia, apressando-se, estar de fato na estação ferroviária às oito horas. De início, escorregou várias vezes do móvel liso, mas, finalmente, com um último impulso, conseguiu ficar de pé; não prestava mais atenção às dores da parte inferior do corpo, por mais cruciantes que fossem. Deixou-se cair então no espaldar de uma cadeira, que estava próxima, em cujas bordas se agarrou com suas perninhas. Mas com isso adquiriu também o domínio sobre si e se calou, pois agora podia escutar o gerente.

– Entenderam uma única palavra dele? – perguntou o gerente aos pais. – Será que não está nos fazendo de bobos?

– Pelo amor de Deus! – exclamou a mãe aos prantos. – Talvez esteja gravemente enfermo e nós estamos aqui a atormentá-lo. Grete! Grete!

– Mãe! – chamou a irmã, do outro lado.

Elas se falavam de um lado a outro do quarto de Gregor.

– Você deve ir imediatamente procurar o médico. Gregor está doente. Vá correndo ao médico. Você ouviu Gregor falando agora?

– Era uma voz de animal – disse o gerente, em voz bem mais baixa, se comparada com os gritos da mãe.

– Anna! Anna! – chamou o pai batendo as mãos em direção da cozinha, desde a antessala – Vá logo procurar um serralheiro!

E logo as duas moças atravessaram correndo a antessala com um ruído de saias – como é que a irmã tinha feito para se vestir tão depressa? – e escancararam a porta do apartamento. Não se ouviu a porta se fechar; sem dúvida a tinham deixado aberta, como costuma acontecer nas casas em que uma grande desgraça ocorreu.

Mas Gregor estava agora muito mais calmo. Certamente, não entendiam mais suas palavras, embora para ele fossem claras, mais claras que antes, talvez porque seu ouvido se tivesse habituado a elas. Mas, finalmente, já se começava a acreditar que ele não estava realmente em seu estado normal e a disposição era, portanto, a de ajudá-lo. A confiança e a certeza com que haviam tomado as primeiras decisões lhe fizeram bem. Sentia-se novamente incluído no círculo dos homens e passou a esperar, tanto do médico quanto do serralheiro, sem fazer muita distinção entre eles, intervenções excepcionais e surpreendentes. Para ficar com uma voz tão clara quanto possível com a aproximação das conversações decisivas, tossiu um pouco, mas esforçando-se por fazê-lo de modo bem abafado, pois era possível que até mesmo esse ruído tivesse uma ressonância diversa daquela de uma tosse humana, coisa que ele mesmo já não se arriscava definir. Nesse meio tempo, o silêncio era total no aposento ao lado. Talvez os pais estivessem sentados à mesa com o gerente e cochichassem, talvez todos tivessem os ouvidos colados à porta para escutar.

Gregor se impeliu lentamente para a porta com a cadeira, depois deixou esta e se lançou contra a porta, mantendo-se de pé, agarrado nela – as extremidades de suas perninhas tinham um pouco de substância adesiva –, depois repousou por um instante de seu esforço. Mas em seguida tentou girar a chave na fechadura com a boca. Infelizmente constatou que não tinha dentes de verdade – e com que então agarrar a chave? –, em contrapartida, as mandíbulas eram muito fortes; servindo-se delas, conseguiu de fato pôr a chave em movimento, sem se preocupar com as lesões que certamente estava causando em si próprio, pois um líquido marrom escorria de sua boca, descia pela chave e pingava no chão.

– Ouçam só! – disse o gerente, no aposento ao lado. – Ele está girando a chave.

Isso foi um grande estímulo para Gregor; mas todos deveriam se unir gritando, inclusive o pai e a mãe.

– Vamos, Gregor! – deveriam gritar. – Vá em frente, não largue a fechadura!

E pensando que todos seguiam com ansiedade seus esforços, mordeu ferozmente a chave, com todas as forças que ainda podia reunir. À medida que a chave girava, ele dançava em torno da fechadura; ora se mantinha de pé apenas pela boca, ora suspendendo-se pela chave se fosse preciso, ou a empurrava para dentro com todo o peso de seu corpo. Quando finalmente a fechadura cedeu, o som mais claro de seu clique despertou literalmente Gregor. Com um suspiro de alívio, ele disse para si mesmo: "Não precisei, portanto, do serralheiro." E apoiou a cabeça na maçaneta para abrir inteiramente a porta.

Como devia abrir a porta dessa maneira e, de fato, já estava bastante aberta, mas ele não podia ainda ser visto; teve então de contornar primeiramente com muito vagar a folha da porta e com muito cuidado, se não quisesse cair desastradamente de costas diante da entrada do quarto. Estava ainda ocupado em fazer esse movimento difícil, e não tinha tempo de se preocupar com outra coisa, quando ouviu o gerente soltar um grande "Oh!" – soava como o vento que zune – e Gregor o viu também; era o mais próximo da porta e tapava a boca com mão, enquanto recuava lentamente, como que impelido por uma força invisível que agia constantemente. A mãe – apesar da presença do gerente, estava lá, com os cabelos desfeitos pela noite, arrepiados para o alto – olhou primeiramente para o pai com as mãos juntas, depois deu dois passos em direção a Gregor e caiu em meio de suas vestes espalhadas em torno dela, com o rosto afundado no peito. O pai fechou os punhos num gesto hostil, como se quisesse empurrar Gregor de volta para o quarto, depois olhou ao derredor com ar desvairado, na sala de estar, e se pôs a chorar de tal modo que seu largo peito estremecia.

Gregor não entrou na sala, mas se apoiou, do lado de dentro, na folha da porta que estava bem travada, de tal forma que só se podia ver metade de seu corpo e a cabeça inclinada para o lado, espreitando os outros. O dia agora estava bem mais claro; via-se nitidamente, do outro lado da rua, uma porção do imóvel da frente, imenso e cinza-escuro – era um hospital –, com as janelas regulares que entrecortavam duramente a fachada; a chuva caía ainda, mas somente em grossas gotas visíveis uma a uma e literalmente jogadas ao chão também uma a uma. A louça do café da manhã ocupava abundantemente a mesa, pois, para o pai de Gregor, a refeição mais importante do dia era o café da manhã, que ele prolongava durante horas, com a leitura de diversos jornais. Na parede bem em frente pendia uma fotografia de Gregor datando de seu tempo de serviço militar e o representava como tenente, com a mão pousada sobre o punho da espada, sorrindo despreocupadamente e dando a entender que se devia respeitar seu porte e seu uniforme. A porta que dava para a antessala estava aberta e, como a porta do apartamento também estava, percebia-se o vestíbulo da casa e o começo da escada que descia.

– Pois bem – disse Gregor, consciente de que era o único que tinha conservado a calma –, vou logo me vestir, ajeitar o mostruário na mala e partir. Será que vocês me deixariam realmente sair de viagem? Bem, senhor gerente, pode ver que não sou teimoso e gosto realmente de trabalhar; viajar é cansativo, mas não poderia viver sem viajar. Para onde vai, senhor gerente? Para a firma? Sim? Vai relatar tudo fielmente? Pode-se não estar em condições de trabalhar momentaneamente, mas essa é a hora certa de se lembrar das realizações anteriores e de pensar que mais tarde, depois da remoção dos obstáculos, se trabalhará com muito mais zelo e concentração. Sinto-me profundamente obrigado a meu chefe, o que o senhor sabe muito bem. Por outro lado, tenho que cuidar de meus pais e de minha irmã. Estou num aperto, mas vou sair disso trabalhando. Mas não me torne as coisas mais difíceis do que já são. Tome meu partido na firma! O caixeiro-viajante não é benquisto, sei disso. Todos pensam que ele ganha uma fortuna e que leva uma boa vida. E que não se tem razão particular para derrubar esse preconceito. Mas o senhor, gerente, o senhor tem sobre as coisas uma visão de conjunto melhor do que o resto do pessoal e mesmo, dito entre nós, uma visão melhor do que a do próprio chefe que, na qualidade de empresário, se deixa facilmente enganar em seu julgamento em prejuízo do empregado. O senhor sabe muito bem que o caixeiro-viajante, que fica fora da firma quase o ano inteiro, pode se tornar facilmente vítima dos boatos, das casualidades e das reclamações infundadas, contra as quais é praticamente impossível de se defender, uma vez que geralmente não fica sabendo e só consegue fazê-lo quando, exausto, termina uma viagem e já em casa sofre na própria carne as consequências sinistras, cujas fontes não podem mais ser detectadas. Senhor gerente, não vá embora sem me dizer uma palavra que mostre que, pelo menos, numa mínima parte me dá razão!

Mas desde as primeiras palavras de Gregor, o gerente já tinha virado as costas e só o olhava por cima dos ombros trêmulos, com os lábios estufados. E durante a fala de Gregor não ficou parado um instante, mas, sem deixar de fitá-lo, bateu em retirada em direção da porta, e isso progressivamente, como se houvesse alguma proibição secreta de deixar a sala. Ele já estava na antessala e, com um movimento brusco que fez para dar seu último passo para fora, poder-se-ia crer que sentia a sola do pé queimando. Na antessala, porém, estendeu a mão direita para mais longe possível em direção da escada como se lá embaixo o esperasse uma libertação propriamente sobrenatural.

Gregor se deu conta de que não deveria sob qualquer hipótese deixar o gerente partir com semelhantes disposições, se não quisesse que seu emprego na firma ficasse extremamente ameaçado. Os pais não compreendiam muito bem tudo isso; ao longo dos anos, haviam formado a convicção de que, nessa firma, Gregor estava garantido pelo resto da vida e, além disso, tinham tanta coisa para fazer, com as preocupações do momento, que tinham perdido toda capacidade de qualquer previsão. Mas Gregor tinha essa previsão. Era preciso reter o gerente, acalmá-lo, convencê-lo e, finalmente, ganhá-lo para sua causa; pois disso dependia o futuro de Gregor e de sua família! Se pelo menos a irmã estivesse aqui! Ela era perspicaz; já havia chorado enquanto Gregor estava ainda tranquilamente deitado de costas. E sem dúvida o gerente, esse amigo das mulheres, certamente se teria deixado levar por ela; ela teria fechado novamente a porta do apartamento e, na antessala, o teria feito recompor-se de seu susto. Mas a irmã não estava lá; era o próprio Gregor que precisava agir. E sem pensar que ainda não sabia de suas atuais capacidades de se locomover, sem pensar tampouco que possivelmente – na verdade, provavelmente – uma vez mais não havia sido compreendido, afastou-se da folha da porta; impulsionou-se através da abertura; queria avançar em direção do gerente, que já se agarrava ridiculamente com as duas mãos no corrimão do vestíbulo; mas logo caiu, ao procurar apoio e com um pequeno grito, sobre suas inúmeras perninhas. Mal isso tinha acontecido, sentiu pela primeira vez nessa manhã uma sensação de bem-estar; as perninhas pousavam firmemente no chão; obedeciam perfeitamente, como o notou com alegria; esforçavam-se até para levá-lo para onde quisesse; e ele já acreditava que a cura definitiva de todos os seus padecimentos era iminente.

Mas no mesmo instante em que estava no chão, balançando por causa de um movimento reprimido, não muito distante da mãe, mais precisamente à sua frente, esta, que parecia totalmente mergulhada em si mesma, saltou em pé com os braços estendidos e os dedos abertos, gritando:

– Socorro, pelo amor de Deus, socorro! – E conservava a cabeça abaixada como se quisesse ver Gregor melhor, mas agindo contra essa intenção, recuava de modo atabalhoado; tinha esquecido que atrás dela estava a mesa posta; quando bateu contra ela, sentou-se, como que por distração, rapidamente em cima, parecendo não notar que, ao lado dela, a grande cafeteira virada inundava o tapete com uma torrente de café.

– Mamãe, mamãe! – disse Gregor baixinho e do chão olhou para ela.

Por um momento, o gerente desapareceu de sua mente; em contrapartida, à vista do café que escorria, não pôde impedir de bater várias vezes suas mandíbulas no vazio. Diante disso, a mãe voltou a gritar, fugiu da mesa e foi cair nos braços do pai que corria a seu encontro. Mas Gregor não tinha mais tempo para se ocupar dos pais; o gerente já estava na escada; com o queixo em cima do corrimão, ele lançou um último olhar para trás. Gregor tomou impulso, pois queria ter certeza de poder alcançá-lo; o gerente deve ter pressentido algo, pois deu um salto sobre vários degraus e desapareceu; mas ainda gritou "Ufa!" e o grito ecoou por todo o vão da escada. Infelizmente, essa fuga do gerente pareceu abalar totalmente o pai, que até então tinha estado relativamente sereno, pois, em vez de correr ele próprio atrás do gerente ou, pelo menos, de não impedir Gregor de fazê-lo, empunhou com a mão direita a bengala do gerente, que a tinha deixado, junto com o chapéu e o sobretudo, em cima de uma cadeira, apanhou com a mão esquerda um grande jornal da mesa e, batendo os pés e brandindo a bengala e o jornal, se pôs a tocar Gregor de volta para o quarto. Nenhuma súplica de Gregor foi atendida, nenhuma súplica foi tampouco entendida; por mais que inclinasse a cabeça humildemente, com tanto mais força o pai batia os pés.

No outro canto, a mãe, apesar do tempo frio, tinha aberto uma janela e, curvada para fora, embora afastada da janela, escondia o rosto entre as mãos. Entre a rua e a escadaria se produziu uma forte corrente de ar, as cortinas esvoaçavam, os jornais sobre a mesa rumorejavam e algumas folhas voavam pelo chão. Implacável, o pai o impelia, dando assobios como um selvagem. Mas Gregor não tinha ainda nenhuma prática de andar para trás; ia realmente muito devagar. Se Gregor pudesse apenas virar a posição do corpo, logo estaria em seu quarto, mas temia impacientar o pai com esse movimento que exigia tempo; e a todo instante, a bengala, nas mãos do pai, o ameaçava com um golpe fatal nas costas ou na cabeça. Mas, no final das contas, não restou a Gregor outra escolha, pois percebeu com espanto que, andando para trás, não sabia nem mesmo manter a direção; e, desse modo, lançando olhares incessantes e angustiados ao pai, começou a voltar-se ao contrário, tão rapidamente quanto possível, mas na realidade muito lentamente. Talvez o pai tenha notado sua boa vontade, pois se absteve de perturbá-lo em sua rotação, mas até dirigiu a distância, aqui e acolá, o movimento giratório com a ponta da bengala. Se o pai pelo menos não tivesse produzido esses insuportáveis assobios! Com eles, Gregor perdia totalmente a cabeça. Ele já se havia virado quase inteiramente quando, sempre ouvindo esses assobios, se enganou e voltou novamente para a posição anterior. Mas quando, por fim e felizmente, ficou com a cabeça bem de frente da abertura da porta, constatou que seu corpo era muito largo para passar por ela sem problemas. Ao pai, naturalmente, na condição em que se encontrava, nem de longe lhe ocorreu de abrir a outra folha da porta para que Gregor dispusesse de mais espaço para passar. Sua ideia fixa era simplesmente que Gregor devia voltar para o quarto o mais rápido possível. Nunca teria deixado executar os complicados preparativos de que Gregor necessitava para se repor de pé e talvez, desse modo, tentar passar pela porta. Pelo contrário, agora pressionava Gregor com ruído ensurdecedor, como se não houvesse obstáculo algum; o que soava atrás de Gregor não era mais a voz de um pai apenas; agora, realmente, não era mais brincadeira e Gregor – sem se importar com o que pudesse acontecer – forçou a entrada pela porta. Um lado de seu corpo se ergueu, parou em diagonal na abertura da porta, um dos flancos ficou todo esfolado; na porta branca apareciam manchas feias e, entalado, não poderia mais se mover sozinho; as perninhas de um lado estavam suspensas no ar, tremendo, e as do outro lado se comprimiam dolorosamente no chão – foi então que o pai lhe deu, por trás, um golpe violento e verdadeiramente libertador que o fez voar para o meio do quarto, sangrando abundantemente. Em seguida, a porta foi fechada com a ponta da bengala; depois, enfim, se fez silêncio.

Capítulo II

Foi somente no crepúsculo que Gregor despertou de seu sono pesado e semelhante a um desmaio. Mesmo que não tivesse sido perturbado, certamente não teria acordado muito mais tarde, pois teve a sensação de ter repousado bastante e de ter dormido o suficiente; mas teve a impressão de ter sido despertado por um passo furtivo e pelo barulho discreto que a porta que dava para a antessala fazia ao ser fechada. O clarão das lâmpadas elétricas da rua se refletia palidamente no teto e no alto dos móveis, mas embaixo, em torno de Gregor, estava escuro. Foi se deslocando devagar para a porta, ainda tateando desajeitadamente com as antenas, que só agora aprendia a valorizar, para ver o que havia acontecido por lá. Seu lado esquerdo parecia uma única e longa cicatriz, que repuxava desagradavelmente, e ele precisava mancar vistosamente sobre suas duas fileiras de pernas. Uma das perninhas, aliás, tinha sido ferida gravemente no decorrer dos acontecimentos da manhã – era quase um milagre que tivesse sido a única – e ela se arrastava sem vida atrás das outras.

Só quando chegou perto da porta se deu conta daquilo que o havia atraído; era o cheiro de algo comestível. Havia ali uma tigela de leite adoçado, no qual boiavam pequenos pedaços de pão branco. Quase teria rido de alegria, pois estava com mais fome do que pela manhã, e logo mergulhou a cabeça nesse leite quase até acima dos olhos. Mas logo a retirou, decepcionado; não tinha somente dificuldade para comer com seu flanco esquerdo ferido – não podia comer a não ser que seu corpo inteiro trabalhasse ofegando –, mas, além disso, o leite, que antes era sua bebida predileta, e era certamente por isso que a irmã o havia colocado ali para ele, já não lhe apetecia mais; na verdade, afastou-se quase com repugnância da tigela e se arrastou de volta para o meio do quarto.

Na sala de estar, como Gregor conseguiu ver pela fresta da porta, o gás estava aceso, mas ao passo que nessa hora do dia o pai costumava ler em voz alta para a mãe, e às vezes também para a irmã, o jornal da tarde, agora não se ouvia som algum. Bem, talvez essa leitura, sobre a qual a irmã sempre lhe falava e escrevia, tivesse caído em desuso ultimamente. Mas também em volta reinava um grande silêncio, embora a casa não estivesse certamente vazia. "Que vida tranquila a família levava!", disse para si mesmo Gregor e sentiu, enquanto fitava o escuro diante dele, grande orgulho por ter podido proporcionar aos pais e à irmã semelhante vida num apartamento tão belo. Mas o que haveria de acontecer agora, se toda essa tranquilidade, essa comodidade, essa satisfação terminavam em catástrofe? Para não se desgarrar nesses pensamentos, Gregor preferiu pôr-se em movimento e arrastar-se de cá para lá pelo quarto.

Uma vez, no decorrer da longa noite, foi aberta uma porta lateral e depois a outra, até uma pequena fresta, mas foram rapidamente fechadas de novo; sem dúvida, alguém tinha sentido a necessidade de entrar, mas, refletindo melhor, havia desistido. Gregor se postou então bem perto da porta que dava para a sala de estar, resolvido a fazer entrar, de uma forma ou de outra, esse visitante indeciso ou, pelo menos, ficar sabendo quem era; mas a porta não se abriu mais e Gregor esperou em vão. Antes, quando as portas estavam trancadas, todos queriam entrar para vê-lo e agora, que ele havia aberto uma e que as outras tinham sido evidentemente abertas durante o dia, ninguém mais vinha e, além do mais, as chaves estavam nas fechaduras também do lado de fora.

Foi somente tarde da noite que a luz da sala de estar foi apagada e então foi fácil constatar que os pais e a irmã tinham estado acordados todo esse tempo, pois, como se podia ouvir nitidamente, os três se afastavam agora na ponta dos pés. Certamente ninguém mais haveria de entrar para ver Gregor até a manhã seguinte; dispunha, portanto, de um longo lapso de tempo para refletir, sem ser perturbado, sobre a maneira como iria reorganizar sua vida. Mas o quarto alto e vazio, onde era forçado a ficar de bruços no chão, o angustiava, sem que pudesse descobrir a razão, pois, afinal, era o quarto habitado por ele havia cinco anos – e, com um movimento semi-inconsciente e não sem leve vergonha, precipitou-se para debaixo do sofá, onde, embora suas costas ficassem um pouco prensadas e não pudesse mais levantar a cabeça, logo se sentiu confortável, lamentando somente que seu corpo fosse largo demais para conseguir se ajeitar inteiramente sob o pequeno sofá.

Ali passou a noite inteira, em parte em sono leve, do qual a fome o despertava seguidamente e, em parte, envolvido em preocupações e esperanças vagas que o levavam à conclusão de que precisava por enquanto manter-se calmo e, pela paciência e extrema solicitude para com a família, tornar suportáveis as inconveniências que, em seu estado atual, se via simplesmente compelido a lhe causar.

Já de manhã bem cedo, ainda era quase noite, Gregor teve a oportunidade de testar a força das decisões que acabava de tomar, pois a irmã, quase inteiramente vestida, abriu a porta que dava para a antessala e olhou com ansiedade para dentro do quarto. Não o descobriu logo, mas quando o percebeu debaixo do sofá – meu Deus, em algum lugar deveria realmente estar, não poderia ter voado daqui –, ela ficou com tanto medo que, sem poder se controlar, voltou a fechar a porta por fora. Mas arrependida por ter assim agido, logo abriu a porta de novo e entrou na ponta dos pés, como se fosse entrar no quarto de um enfermo grave ou mesmo de um estranho. Gregor tinha esticado a cabeça até a beirada do sofá e a observava. Será que ela iria notar que ele não tinha tocado no leite e que não era, de forma alguma, por falta de fome, e será que lhe haveria de trazer outro alimento que lhe fosse mais apropriado? Se não o fizesse por iniciativa própria, ele preferia morrer de fome do que chamar a atenção dela para isso, embora, na realidade, tivesse uma premente vontade de saltar de debaixo do sofá e de se lançar aos pés da irmã e lhe pedir alguma coisa boa para comer. Mas logo em seguida a irmã notou, com espanto, a tigela ainda cheia, em torno da qual havia um pouco de leite derramado; ajuntou-a imediatamente, na verdade, não com as próprias mãos, mas com um trapo, e a levou embora. Gregor estava extremamente curioso para saber o que ela haveria de trazer e sobre isso pensou nas mais variadas hipóteses. Jamais, no entanto, teria podido adivinhar o que a irmã, em sua bondade, realmente fez. Ela lhe trouxe, para testar seu gosto, uma variedade de coisas, todas espalhadas sobre um jornal velho. Havia ali legumes meio estragados, ossos do jantar da véspera, rodeados de molho branco endurecido, uva-passa e amêndoas; um pedaço de queijo que Gregor tinha declarado intragável dois dias antes; um pão seco, um pedaço de pão recoberto de manteiga e outro com manteiga e sal. Além disso, juntou ainda a tigela, provavelmente destinada a Gregor de uma vez por todas, na qual havia despejado água. E, por delicadeza, sabendo que Gregor não haveria de comer na frente dela, foi embora depressa e deu até mesmo uma volta à chave, para que ele notasse que poderia ficar inteiramente à vontade, como melhor lhe aprouvesse.

As perninhas de Gregor vibravam quando ele foi avançando em direção da comida. Além disso, seus ferimentos já deviam estar completamente sarados; não sentia mais qualquer impedimento; admirou-se com isso e ficou pensando como, mais de um mês antes, se havia cortado levemente o dedo com uma faca e como, ainda anteontem, esse ferimento lhe doía bastante. "Será que agora tenho menos sensibilidade?", pensou ele e passou a sugar avidamente o queijo que, de forma imediata e enérgica, o havia atraído mais que todos os outros alimentos. Rapidamente, um atrás do outro e com os olhos lacrimejando de satisfação, devorou o queijo, os legumes e o molho; os alimentos frescos, em contrapartida, não lhe apeteciam, nem mesmo podia suportar seu cheiro; chegou até a afastar um pouco as coisas que queria comer. Tinha terminado tudo havia tempo e permanecia ainda ali, preguiçosamente estendido no mesmo lugar, quando a irmã, para lhe assinalar que ele deveria se retirar, girou lentamente a chave. Isso o fez estremecer repentinamente de susto, embora já quase cochilasse, e se apressou em retornar sob o pequeno sofá. Mas permanecer sob o sofá lhe custava um grande sacrifício, mesmo durante o pouco tempo em que a irmã ficava no quarto, pois a farta refeição havia deixado seu corpo um pouco arredondado e ali, naquele aperto, ele mal conseguia respirar. Em meio a pequenos acessos de asfixia, passou a observar, de olhos um tanto arregalados, que a irmã, sem suspeitar de nada, recolhia com uma vassoura não somente os restos, mas também os alimentos que Gregor não havia tocado, como se esses também não fossem mais aproveitáveis, jogando tudo às pressas num balde, que cobriu com uma tampa de madeira; e depois levou tudo para fora. Mal ela tinha virado as costas, Gregor saiu de seu refúgio sob o sofá, distendeu-se e se encheu de ar.

Era dessa maneira que agora Gregor recebia diariamente sua alimentação, uma vez pela manhã, quando os pais e a criada ainda dormiam, e a segunda vez depois do almoço de todos, pois então os pais dormiam igualmente um pouco e a criada era mandada pela irmã a fazer alguma despesa. Certamente eles não queriam que Gregor morresse de fome, mas talvez não suportassem tomar conhecimento da alimentação dele, a não ser por ouvir dizer; talvez fosse também possível que a irmã quisesse somente poupá-los de uma pequena tristeza, visto que, de fato, eles já sofriam bastante.

Com que desculpas, naquela manhã, o médico e o serralheiro foram mandados embora de casa,

Gregor não chegou a saber, pois, como não era entendido, ninguém pensava, nem mesmo a irmã, que ele pudesse entender os outros; e assim, quando a irmã estava no quarto dele, ele tinha de se contentar em ouvir, aqui e acolá, seus suspiros e as invocações aos santos. Só mais tarde, quando ela se havia habituado um pouco a tudo – naturalmente não se podia nunca falar em estar totalmente habituado –, é que Gregor podia por vezes captar uma observação amigável ou que podia ser assim interpretada. "Hoje, ele realmente gostou", dizia ela quando Gregor tinha devorado a comida toda, ao passo que, em caso contrário, que se tornava aos poucos sempre mais frequente, ela dizia quase com tristeza: "Tudo ficou para trás outra vez."

Mas se Gregor não podia tomar conhecimento de qualquer novidade diretamente, auscultava muitas coisas vindas dos quartos vizinhos e, onde quer que ouvisse vozes, corria logo até a respectiva porta e se colava nela com o corpo todo. Especialmente nos primeiros tempos, não havia conversa que de algum modo não versasse sobre ele, mesmo que fosse em segredo. Durante dois dias, em todas as refeições se podia ouvir deliberações sobre como deviam agora se comportar com ele; mas também entre as refeições se falava do mesmo assunto, pois sempre havia pelo menos dois membros da família em casa, uma vez que ninguém queria ficar ali sozinho e não se podia, de forma alguma, largar o apartamento inteiramente, sem deixar ninguém dentro dele. Foi também no primeiro dia que a criada – não estava muito claro o que e o quanto sabia do ocorrido – tinha suplicado de joelhos à mãe que a dispensasse imediatamente; e quando, um quarto de hora mais tarde, se despediu, foi entre lágrimas que agradeceu pela dispensa bem como pelo grande favor que lhe faziam e, sem que se exigisse isso dela, jurou insistentemente que não revelaria a ninguém o mínimo que fosse.

Desde então, a irmã também teve de cozinhar, junto com a mãe; mas isso não requeria muito esforço, pois não se comia quase nada. Seguidamente Gregor ouvia como um encorajava o outro inutilmente a comer, sem obter outra resposta senão "obrigado, estou satisfeito" ou qualquer coisa semelhante. Talvez não bebessem nada tampouco. Muitas vezes a irmã perguntava ao pai se queria cerveja e gentilmente se oferecia a ir buscá-la ela própria e, quando o pai não respondia, dizia, para lhe tirar todo escrúpulo, que podia também mandar a moça da portaria buscá-la; mas então o pai proferia finalmente um grande "não" e não se falava mais nisso.

Já no decorrer do primeiro dia, o pai tinha exposto em detalhes, tanto à mãe quanto à irmã, toda a situação financeira da família e as perspectivas. De quando em quando, ele se levantava da mesa e apanhava, de seu pequeno cofre que tinha salvado cinco anos antes da falência de sua empresa, algum documento ou livro de notas. Ouvia-se como ele destravava a complicada fechadura e, depois de retirar o que procurava, a fechava outra vez. Essas explicações do pai foram, em parte, a primeira boa notícia que chegava a Gregor desde sua reclusão. Ele julgava que não tinha restado absolutamente nada ao pai desse negócio, pelo menos o pai não lhe havia dito nada em contrário e, além do mais, Gregor também não lhe havia perguntado nada a respeito. Na época, a preocupação de Gregor havia sido apenas fazer de tudo para que sua família esquecesse o mais rapidamente possível a catástrofe comercial que havia mergulhado a todos numa completa desesperança. E assim havia começado a trabalhar com um ardor todo particular e, quase da noite para o dia, havia passado de simples empregado a caixeiro-viajante, o que naturalmente oferecia outras possibilidades bem diversas de ganhar dinheiro, e cujos resultados no trabalho logo se traduziram, sob forma de provisão, em moeda corrente que podia levar para casa e colocar sobre a mesa sob os olhares da família espantada e feliz. Tinham sido bons tempos, e nunca mais se repetiram, pelo menos com esse brilho, embora Gregor mais tarde conseguisse ganhar tanto dinheiro que era capaz de assumir todas as despesas da família, como efetivamente assumiu. Todos se haviam habituado a isso, tanto a família como o próprio Gregor; aceitavam esse dinheiro com reconhecimento; e ele o entregava com prazer, mas disso não resultou nenhum tratamento mais caloroso. Somente a irmã tinha permanecido ainda bem próxima de Gregor e ele acalentava um plano secreto para ela que, diferentemente dele, gostava muito de música e tocava violino de forma comovente; ele queria, no ano seguinte, sem se preocupar com as grandes despesas que isso acarretaria e que se poderia muito bem cobrir de outro modo, enviá-la ao conservatório. Muitas vezes, por ocasião das breves estadas de Gregor na cidade, o conservatório era evocado em suas conversas com a irmã, mas sempre como um belo sonho, em cuja realização não se podia nem pensar; e os pais não ouviam até mesmo essas evocações inocentes de bom grado; mas Gregor pensava seriamente nisso e tinha a intenção de anunciá-lo solenemente na noite de Natal.

Esses eram os pensamentos totalmente inúteis, em seu estado atual, que lhe passavam pela cabeça, enquanto ele, de pé, colado à porta, escutava. Às vezes, por causa do cansaço geral, não conseguia mais ficar ouvindo; e, por um descuido, deixou a cabeça bater contra a porta, mas logo a soergueu de novo, pois o pequeno rumor assim produzido tinha sido escutado do outro lado e fez com que todos parassem de falar.

– O que é que ele está aprontando agora? – disse o pai depois de um momento, certamente voltado em direção da porta, e só então a conversa interrompida foi aos poucos retomada.

Gregor ficou sabendo então com certeza – pois o pai, em suas explicações, se repetia muitas vezes, em parte porque ele próprio não se havia mais ocupado dessas coisas havia muito tempo e, em parte também, porque a mãe de Gregor não entendia tudo, logo da primeira vez – que, apesar de toda a desgraça, ainda restava dos velhos tempos um montante em dinheiro, embora bem modesto, que os juros, não tocados nesse meio tempo, haviam feito aumentar um pouco. Mas, além disso, o dinheiro que Gregor tinha levado para casa todos os meses – ele guardava para si mesmo somente alguns trocados – não tinha sido inteiramente gasto e havia constituído um pequeno capital. Gregor, atrás de sua porta, sacudia a cabeça com entusiasmo, satisfeito com essa inesperada previdência e economia. Na verdade, com esse excedente de dinheiro poderia ter pago a dívida do pai para com o chefe e, desse modo, estaria muito mais próximo o dia em que poderia se livrar do emprego; mas agora, sem dúvida, era melhor assim, da maneira como o pai tinha organizado as coisas.

Mas esse dinheiro não bastava de modo algum para permitir que a família pudesse viver unicamente dos juros; isso bastaria talvez para a família se manter por um ano, dois no máximo, nada mais que isso. Era, portanto, justamente uma soma em que, na verdade, não se poderia tocar e que era necessário reservar para casos de emergência; mas o dinheiro para viver tinha de ser ganho. Ora, o pai gozava ainda de boa saúde, mas era idoso, que já não trabalhava havia cinco anos e que não devia, em qualquer caso, se exceder; nesses cinco anos, que foram as primeiras férias de sua vida penosa e, no entanto, frustrada, tinha engordado muito e tinha ficado deveras lento. E a mãe, já idosa, acaso teria agora de ganhar dinheiro, ela que sofria de asma, que atravessar o apartamento já lhe custava um esforço enorme e que passava, dia sim dia não, no sofá perto da janela aberta com dificuldades de respiração? Será que a irmã deveria ganhar dinheiro, ela que, com seus 17 anos, era ainda uma criança e cujo estilo de vida até agora era realmente invejável, consistindo em vestir-se com esmero, em dormir muito, em ajudar nos trabalhos domésticos, em participar de algumas modestas diversões e, acima de tudo, tocar violino? Quando a conversa versava sobre essa necessidade de ganhar dinheiro, Gregor sempre se afastava da porta e se atirava sobre o frio sofá de couro que se encontrava ao lado, pois ficava ardendo de vergonha e de tristeza.

Muitas vezes ficava ali deitado noites inteiras, sem pregar olho, apenas arranhando o couro horas a fio. Ou ainda não fugia do grande esforço de empurrar uma cadeira até a janela, para depois arrastar-se em direção do peitoril e, escorado na cadeira, inclinar-se sobre a janela, justamente para recordar o sentimento de liberdade que experimentava outrora ao olhar por essa janela. Porque, de fato, dia após dia, enxergava cada vez mais indistintas, mesmo as coisas pouco distantes; o hospital em frente, cuja visão contínua o levava antes a praguejar, já não estava mais ao alcance de sua vista; e se não soubesse exatamente que residia na calma, mas completamente urbana, rua Charlotte, teria podido acreditar que de sua janela estaria olhando para um deserto onde o céu cinzento e a terra cinzenta se juntavam até se confundir. Bastou que a atenta irmã observasse por duas vezes que a cadeira estava diante da janela para que, toda vez que vinha arrumar o quarto, a recolocasse precisamente nesse lugar, deixando até mesmo aberta, daí em diante, a folha interna da janela.

    Se Gregor tivesse podido apenas falar à irmã e lhe agradecer tudo o que ela se obrigava a fazer por ele, teria suportado mais facilmente os serviços que ela lhe prestava; mas, nessas condições, o faziam sofrer. Certamente, a irmã se esforçava por atenuar tanto quanto possível tudo o que havia nisso de penoso e, naturalmente, mais tempo se passava, melhor ela se saía; mas Gregor também observava tudo, com o passar do tempo, com muito maior clareza. Já a entrada dela era terrível para ele. Mal tinha entrado, sem dar-se tempo de fechar a porta, por mais que se preocupasse em poupar a qualquer outro a visão do quarto de Gregor, ela corria diretamente até a janela e, como se fosse se sufocar, a abria de par em par com mãos apressadas; e depois, por mais frio que fizesse fora, ficava uns instantes a essa janela e respirava profundamente. Com essa corrida e esse barulho, ela assustava Gregor duas vezes ao dia; ele passava todo esse tempo tremendo sob o pequeno sofá, sabendo muito bem que ela lhe teria certamente poupado isso de boa vontade, se apenas conseguisse permanecer com a janela fechada num quarto em que ele se encontrava.

Um dia, já devia ter decorrido um mês desde a metamorfose de Gregor e não havia mais, portanto, nenhum motivo particular para a irmã se espantar com ele, nesse dia ela entrou um pouco mais cedo que de costume e o encontrou ainda olhando pela janela, imóvel e numa posição que realmente podia assustar. Se ela não tivesse entrado, não teria sido algo inesperado para Gregor, visto que a posição dele a impedia de abrir a janela de imediato; mas não só ela não entrou, como também recuou e fechou a porta; um estranho poderia ter pensado que Gregor ficara à espreita da irmã porque queria mordê-la. Naturalmente, Gregor foi logo se esconder sob o sofá, mas teve de esperar até meio-dia para que a irmã voltasse e ela lhe pareceu bem mais inquieta que de costume. Compreendeu então que a visão dele continuava insuportável para ela, e que assim haveria de permanecer, e ainda que devia certamente fazer um grande esforço para não fugir à vista da pequena parte do corpo dele que ficasse para fora do sofá. A fim de lhe poupar até mesmo essa visão, ele arrastou um dia, nas costas, o lençol da cama até o sofá – isso lhe custou quatro horas de trabalho – e o dispôs de tal maneira que ficasse doravante inteiramente encoberto e a irmã, mesmo que se agachasse, não poderia vê-lo. Se, na opinião dela, esse lençol não tivesse sido necessário, ela poderia tê-lo removido, pois estava suficientemente claro que não era por prazer que Gregor se havia aprisionado dessa forma tão completa; mas ela deixou o lençol como estava e Gregor julgou até mesmo ter captado nela um olhar de gratidão, quando uma vez levantou um pouco o lençol, cuidadosamente, com a cabeça, para ver como a irmã acatava a nova instalação.

Durante os primeiros quinze dias, os pais não conseguiram decidir-se em entrar no quarto de Gregor e ele os ouvia com frequência aprovar plenamente o atual trabalho da irmã, embora até então eles se tivessem irritado não poucas vezes com ela, porquanto se demonstrava para eles como uma moça um tanto inútil. Mas agora os dois, pai e mãe, esperavam muitas vezes diante do quarto de Gregor, enquanto a irmã fazia a arrumação, e mal ela saía, tinha de lhes contar precisamente em que estado se encontrava o cômodo, o que Gregor tinha comido, como se havia comportado dessa vez e se, talvez, se podia notar uma leve melhora. Aliás, a mãe quis visitar Gregor cedo, mas o pai e a irmã a impediram, usando, de início, argumentos racionais, que Gregor escutou atentamente e aprovou sem reservas. Mais tarde, porém, foi necessário contê-la à força, e foi quando ela exclamou:

– Deixem-me, pois, ver Gregor, ele é meu filho infeliz! Vocês não compreendem que preciso vê-lo?

Gregor pensou então que talvez fosse bom se a mãe entrasse, não todos os dias, naturalmente, mas talvez uma vez por semana; enfim, ela entendia todas as coisas muito melhor que a irmã, a qual, apesar de toda a sua coragem, não era mais que uma criança e, em última análise, talvez só tivesse assumido uma tarefa tão difícil por leviandade infantil.

O desejo de Gregor de ver a mãe logo se realizou. Durante o dia, só por consideração a seus pais, ele não queria se mostrar à janela; mas também não podia se arrastar muito por esses poucos metros quadrados de assoalho; já não aguentava mais ficar deitado quieto durante a noite; a comida logo não lhe dava mais o menor prazer; e assim, como distração, adotou o hábito de rastejar em todos os sentidos pelas paredes e pelo teto. Gostava particularmente de ficar dependurado no teto; era bem outra coisa do que ficar deitado no chão; respirava-se com mais liberdade; uma leve vibração percorria seu corpo; e no estado de distração quase feliz em que Gregor se encontrava lá em cima, poderia acontecer que, para sua grande surpresa, se soltasse e se estatelasse no chão. Mas agora tinha naturalmente maior domínio sobre seu corpo do que antes e, mesmo com uma queda tão grande como essa, não se machucava.

Ora, a irmã logo notou a nova diversão que Gregor havia descoberto – além do mais, ao rastejar deixava aqui e acolá, vestígios de sua substância adesiva – e então ela se pôs na cabeça que devia dar a Gregor a possibilidade de rastejar pela maior extensão do quarto, retirando os móveis que o atrapalhavam, de modo particular a cômoda e a escrivaninha. Só que ela não tinha condições de fazer isso sozinha; para tanto, não haveria de pedir auxílio ao pai; a criada certamente não a teria ajudado, pois essa menina de uns 16 anos resistia, na verdade valentemente, desde a dispensa da antiga cozinheira, mas tinha pedido como favor poder manter a porta da cozinha constantemente fechada à chave e não precisando abri-la a não ser a um chamado especial; só restava, portanto, à irmã recorrer à mãe, num momento em que o pai estivesse ausente. A mãe veio com exclamações de esfuziante alegria, mas diante da porta do quarto de Gregor se calou. A irmã verificou primeiro, naturalmente, se no cômodo estava tudo em ordem e só então deixou a mãe entrar. A toda a pressa, Gregor tinha puxado o lençol ainda mais para baixo, deixando-o com mais dobras; o conjunto parecia realmente um lençol jogado ao acaso por sobre o sofá. Também dessa vez Gregor se absteve de espionar de debaixo do lençol; não quis ver a mãe por ora e já estava mais que contente por ela ter vindo.

– Venha, a gente não consegue vê-lo – dizia a irmã, e evidentemente conduzia a mãe pela mão.

Gregor ouviu então como as duas fracas mulheres deslocavam a velha e pesada cômoda e como a irmã reivindicava continuamente para si a parte maior do trabalho, ignorando as advertências da mãe, que temia que ela se extenuasse. Isso durou muito tempo. Depois de um bom quarto de hora de esforços, a mãe disse que era melhor deixar a cômoda onde estava, pois, em primeiro lugar, era muito pesada e elas não haveriam de conseguir deslocá-la antes da chegada do pai, barrando assim todos os caminhos para Gregor ao deixá-la bem no meio do quarto; em segundo lugar, não era tão certo que se fizesse um favor a Gregor com a retirada desses móveis dali. Tinha, antes, a impressão contrária; sentia o coração apertado ao ver a parede vazia; e por que Gregor não haveria de ter a mesma opinião, visto que estava habituado desde longa data aos móveis do quarto e que, por conseguinte, se sentiria abandonado no cômodo vazio?

– E não é, portanto – concluiu ela baixinho, quase sussurrando, como se quisesse evitar que Gregor, cuja localização exata desconhecia, ouvisse até mesmo o som de sua voz, pois estava convencida de que ele não compreendia as palavras –, não é como se nós mostrássemos, ao retirar os móveis, que perdemos toda a esperança de melhora dele e que o abandonamos à própria sorte, sem qualquer consideração? Creio que o melhor seria tentar manter o quarto exatamente no estado em que estava, a fim de que Gregor, quando retornar para nosso meio, encontre tudo imutado e, desse modo, possa esquecer mais facilmente o que aconteceu nesse meio tempo.

Ao ouvir essas palavras da mãe, Gregor se deu conta de que a falta de toda comunicação humana direta, ligada à vida monótona no seio da família, lhe havia certamente perturbado o juízo no decorrer desses dois meses, pois, como explicar de outra forma que tivesse podido desejar seriamente ver seu quarto esvaziado? Tinha realmente vontade de mandar que esse aconchegante cômodo, agradavelmente decorado com móveis de família, se transformasse num antro onde pudesse certamente rastejar imperturbado em todas as direções, ao preço, no entanto, do simultâneo, rápido e total esquecimento de seu passado de ser humano? Na verdade, agora já estava próximo de esquecer e só a voz da mãe, que havia muito tempo não escutava, o havia sacudido. Nada deveria ser tirado; tudo deveria ficar; os efeitos benéficos dos móveis sobre seu estado lhe eram indispensáveis; e se os móveis o impediam de rastejar em volta sem sentido, isso não seria uma pena, mas uma grande vantagem.

Mas a irmã, infelizmente, era de outra opinião; ela se havia habituado, certamente não de maneira totalmente injustificada, a se arvorar como perita, perante os pais, quando se tratava das questões relativas a Gregor, e assim também agora o conselho da mãe bastou para que ela se obstinasse em querer retirar não somente os móveis que havia pensado de início, a cômoda e a escrivaninha, mas também todos os demais móveis, exceto o indispensável sofá. Naturalmente, não era somente a teimosia infantil e a autoconfiança adquirida ultimamente, de forma tão laboriosa e inopinada, que a levavam a essa exigência; de fato, tinha observado também que

Gregor necessitava de muito espaço para se movimentar, mas que, em contrapartida, pelo que se via, não utilizava o mínimo que fosse os móveis. Mas talvez interviesse nisso também o espírito entusiasta das jovens de sua idade, que procura se satisfazer em qualquer ocasião e, em decorrência, inspirava a Grete o desejo de tornar ainda mais assustadora a situação de Gregor, a fim de poder fazer então ainda mais por ele do que estava fazendo até agora. Pois, num espaço em que Gregor reinasse como dono absoluto sobre as paredes vazias, com certeza ninguém mais a não ser Grete se atreveria a penetrar.

E assim ela não se deixou dissuadir de sua decisão pela mãe, que também, com tanta inquietação, se mostrava insegura nesse quarto; logo emudeceu e passou a ajudar como podia a filha a retirar a cômoda. Bem, a cômoda, Gregor poderia até passar sem ela; mas a escrivaninha tinha de ficar. E mal as mulheres, empurrando a cômoda aos gemidos, deixaram o quarto, Gregor estirou a cabeça para fora de sob o sofá, a fim de verificar como poderia intervir com prudência e com o máximo de discrição. Mas, por infelicidade, foi justamente a mãe que retornou por primeiro, enquanto no cômodo vizinho Grete abraçava a cômoda, chegando até a fazê-la oscilar de cá para lá, mas evidentemente sem conseguir fazê-la sair do lugar. Mas a mãe não estava habituada a ver Gregor; isso poderia fazê-la ficar doente; por essa razão Gregor se apressou em recuar até a outra ponta do sofá, mas sem poder impedir que o lençol se mexesse um pouco na frente. Isso bastou para atrair a atenção da mãe. Ela ficou imóvel, plantada por um instante e depois voltou para junto de Grete.

Ainda que Gregor se dissesse continuamente a si mesmo que nada de extraordinário estava acontecendo, que somente alguns móveis seriam deslocados, logo teve de constatar que aquelas idas e vindas das mulheres, seus pequenos chamados, o arrastar dos móveis no assoalho, tinham sobre ele o efeito de uma grande devastação que o assaltava de todos os lados; e, por mais que enfiasse a cabeça e as pernas sob o sofá e por mais que espremesse o corpo no chão, teve de dizer a si mesmo que, sem falta, não iria poder suportar tudo aquilo por muito tempo. Elas estavam esvaziando seu quarto; elas lhe tomavam tudo o que lhe era caro; já tinham levado a cômoda onde estavam a serrinha de recortar e outras ferramentas; agora arrancavam do chão, onde estava bem cravada, a escrivaninha sobre a qual havia feito suas lições quando estudava na escola de comércio, quando estava no liceu e mesmo quando estava na escola primária – então realmente não tinha mais tempo para testar as boas intenções que animavam as duas mulheres, cuja existência, aliás, já havia quase esquecido, pois o esgotamento as fazia trabalhar em silêncio e nada mais se ouvia que a batida pesada de seus pés.

Ele irrompeu então para fora – nesse momento, as mulheres estavam no outro cômodo, encostadas na escrivaninha para tomar um pouco de fôlego –, mudou quatro vezes de direção, não sabendo realmente o que salvar primeiro; foi então que viu, dependurada na parede nua, a imagem da dama toda vestida de peles; subiu rapidamente até ela e se colou contra o vidro, que o reteve e fez bem a seu ventre quente. Essa imagem, pelo menos, que Gregor recobria agora por inteiro, certamente ninguém haveria de levá-la embora. Virou a cabeça em direção da porta da sala de estar, a fim de observar o retorno das mulheres.

Elas não se haviam concedido muito repouso e já retornavam; Grete tinha colocado o braço em torno da mãe e quase a carregava.

– Bem, o que vamos levar agora? – disse Grete, olhando em volta.

Foi então que os olhos de Grete cruzaram com os de Gregor na parede. Sem dúvida, só por causa da presença da mãe é que ela conservou a calma, inclinou o rosto para a mãe, a fim de impedi-la de olhar em derredor e, de qualquer modo, tremendo e sem refletir, disse:

— Venha, não prefere retornar por um instante na sala de estar?

Para Gregor, a intenção de Grete era clara: queria levar a mãe em segurança e depois fazê-lo descer da parede de todo jeito. Pois bem, ela podia até tentar! Ele estava sentado em cima de seu quadro e não iria entregá-lo. Preferia antes saltar no rosto de Grete.

Mas as palavras de Grete, na verdade, tinham inquietado a mãe; ela deu um passo para o lado, percebeu a gigantesca mancha marrom sobre o papel de parede florido e, antes de tomar realmente consciência de que era Gregor que via, gritou com voz estridente:

— Ah! meu Deus! Ah! meu Deus! — e caiu com os braços abertos, como se renunciasse a tudo, sobre o pequeno sofá e não se moveu mais.

— Você, Gregor! — vociferou a irmã, com o punho erguido e olhar penetrante.

Desde a transmutação, eram as primeiras palavras que ela lhe dirigia diretamente. Correu ao quarto vizinho para apanhar alguma essência, com a qual pudesse reanimar a mãe de seu desfalecimento; Gregor também queria ajudar – para salvar seu quadro ainda havia tempo –; mas estava firmemente colado ao vidro e precisava se soltar à força; ele correu então também para o quarto vizinho, como se pudesse dar algum conselho à irmã como outrora; mas só pôde ficar atrás dela sem fazer nada; enquanto ela remexia em diversos frascos; ao virar o corpo, ela se assustou; uma garrafa caiu no chão e se partiu; um estilhaço feriu Gregor no rosto, algum remédio corrosivo escorreu por ele; sem mais tardar, Grete apanhou então tantos frascos quantos podia segurar e correu para junto da mãe, fechando a porta com o pé. Gregor se encontrava, portanto, separado da mãe que, por culpa sua, talvez estivesse prestes a morrer; não devia abrir a porta, se não quisesse afugentar a irmã que devia ficar junto da mãe; agora, só lhe restava esperar; deprimido pelos remorsos e pela apreensão, passou a rastejar; rastejou por cima de tudo, paredes, móveis, teto e finalmente, em seu desespero, quando todo o cômodo começou a girar em torno dele, caiu bem em cima da grande mesa.

Passou um breve momento, Gregor jazia ali, extremado, em torno reinava o silêncio, talvez fosse um bom sinal. Então tocou a campainha. A criada estava, naturalmente, trancada à chave na cozinha e foi Grete, portanto, que teve de ir abrir a porta. O pai tinha voltado.

– O que foi que aconteceu? – foram suas primeiras palavras; a expressão de Grete, sem dúvida, lhe havia revelado tudo.

Grete respondeu com voz abafada, evidentemente apoiando seu rosto no peito do pai:

– A mãe passou mal, mas já está melhor. Gregor escapou.

– Já esperava por isso – replicou o pai –, sempre lhes disse isso, mas vocês, mulheres, não me deram ouvidos.

Para Gregor era claro que o pai tinha interpretado mal o relato excessivamente breve de Grete e supôs que Gregor era culpado de algum ato de violência. Por isso ele precisava agora aplacar o pai, pois não tinha tempo nem possibilidade para se explicar. E assim se refugiou junto da porta de seu quarto e se encostou nela, a fim de que o pai, ao entrar, vindo da antessala, pudesse logo ver que Gregor estava animado das melhores intenções de voltar imediatamente para seu aposento e que não era necessário repeli-lo para lá, mas precisaria apenas abrir a porta e ele haveria de desaparecer num instante.

Mas o pai não estava com disposição para se ater a essas sutilezas.

– Ah! – exclamou ele, logo ao entrar, num tom de quem está, ao mesmo tempo, enfurecido e contente.

Gregor afastou a cabeça da porta e a ergueu na direção do pai. Não tinha realmente imaginado o pai como o via ali; aliás, ocupado como estava ultimamente na nova atividade de rastejar, havia deixado de se interessar como antes com os acontecimentos do resto da casa e, na verdade, deveria estar preparado para encontrar as coisas mudadas. Apesar disso, apesar disso, era ele ainda seu pai? O mesmo homem que, cansado, costumava ficar enterrado na cama quando Gregor partia para uma viagem de negócios; que, nas noites em que retornava, o acolhia em roupas de dormir na cadeira de braços; que era praticamente incapaz de se levantar e se contentava de estender os braços em sinal de alegria e que, nos raros passeios da família inteira em alguns domingos do ano e nos feriados principais, caminhava entre Gregor e a mãe, que já andavam devagar, e os fazia andar mais lentamente ainda, empacotado em seu velho casacão, sempre com uma cautelosa muleta tateando cuidadosamente o chão pela frente e que, ao querer dizer alguma coisa, quase sempre parava e reunia em torno de si todos os acompanhantes? Mas agora ele se apresentava todo empertigado, vestido com um uniforme azul, sob medida, com botões dourados, como usam os empregados das instituições bancárias; apoiava seu poderoso queixo duplo sobre o colarinho alto e engomado de seu casaco; sob as espessas sobrancelhas os olhos negros emitiam olhares vivos e vigilantes; seus cabelos brancos, antes desgrenhados, estavam cuidadosamente penteados e separados por uma risca impecável. Atirou seu quepe, no qual estava gravado um monograma dourado, provavelmente de um banco, que descreveu uma curva através de todo o cômodo para aterrissar sobre o sofá; depois se dirigiu para Gregor, de rosto iracundo, mãos nos bolsos das calças e as abas da longa jaqueta do uniforme atiradas para trás. Nem ele mesmo sabia o que pretendia fazer; mas sempre erguia os pés a uma altura excepcional e Gregor ficou espantado com o tamanho gigantesco das solas de suas botas. Mas não ficou nisso; já sabia, desde o primeiro dia de sua nova vida que o pai julgava que convinha usar para com ele da máxima severidade. E assim se pôs a correr na frente do pai, detendo-se quando o pai parava e fugindo de novo apenas o pai se movia. Deram assim várias voltas pelo cômodo, sem que nada ocorresse de decisivo, e mesmo sem que isso tivesse a aparência de uma perseguição, visto que se desenrolava num ritmo lento. Por essa razão, aliás, é que Gregor ficava provisoriamente no chão, especialmente porque temia que o pai considerasse uma maldade de todo peculiar, se ele empreendesse uma fuga pelas paredes ou pelo teto. Além do mais, Gregor se sentia ainda obrigado a admitir que não poderia aguentar por muito tempo essa corrida, pois, enquanto o pai dava um passo, ele tinha de executar uma infinidade de movimentos. A falta de fôlego já começava a se manifestar, uma vez que, mesmo nos velhos tempos, não tinha um pulmão totalmente confiável. Enquanto assim cambaleava de cá para lá, a fim de reunir todas as suas forças para a corrida, mal abria os olhos; e, em seu embotamento, não pensava em outra forma de se salvar, a não ser correndo; e tinha quase esquecido que as paredes estavam à sua disposição, embora aqui estivessem obstruídas de móveis cuidadosamente talhados, cheios de recortes e pontas –, quando, atirada de leve, alguma coisa voou por perto e rolou bem na frente dele. Era uma maçã; a segunda veio voando logo em seguida; Gregor ficou paralisado de susto; prosseguir na corrida era inútil, pois o pai havia decidido bombardeá-lo. Da fruteira em cima da credência, ele havia enchido os bolsos de maçãs e agora, sem mirar com precisão, as lançava uma após outra. Essas pequenas maçãs vermelhas rolavam pelo chão em todas as direções, como que eletrizadas, e se chocavam entre si. Uma delas, lançada sem força, aflorou as costas de Gregor e deslizou sem provocar danos. Mas logo foi seguida de outra que, pelo contrário, se afundou literalmente nas costas de Gregor; ele quis se arrastar para mais longe, como se essa surpreendente e incrível dor pudesse passar, mudando de lugar; mas se sentiu como que pregado no chão e se estirou completamente ao comprido, numa completa confusão de todos os sentidos. Com um último olhar, viu ainda que a porta de seu quarto se abria com violência e que, seguida pela irmã que gritava, a mãe chegava precipitadamente vestida de robe, pois a irmã a havia despido para que ela respirasse mais livremente enquanto estava desfalecida; então viu a mãe correr ao encontro do pai, perdendo pelo caminho, uma após outra, suas saias que se soltavam e deslizavam pelo chão e viu que, tropeçando nelas, chegou até onde estava o pai e, abraçando-o, em total união com ele –mas nesse momento Gregor já sentia a vista fraca – e, com as mãos enlaçadas na nuca do marido, lhe suplicava que poupasse a vida de Gregor.

CAPÍTULO III

O GRAVE FERIMENTO DE GREGOR, QUE HÁ MAIS DE mês o fazia sofrer – a maçã, que ninguém ousou retirar, ficou como uma lembrança visível, encravada na carne – parecia ter lembrado, mesmo ao pai que, apesar de sua atual figura triste e repugnante, Gregor era um membro da família que não podia ser tratado como inimigo, mas diante do qual o mandamento do dever familiar impunha que a seu respeito se evitasse toda aversão e, além disso, suportar, nada mais que suportar.

E se, por causa do ferimento, Gregor tivesse agora perdido, provavelmente para sempre, parte de sua mobilidade e que no momento precisasse de longos e mais longos minutos para atravessar o quarto, como um velho inválido – quanto a rastejar pelo alto, não podia nem mais pensar –, em contrapartida, recebeu por essa deterioração de seu estado uma compensação que julgou totalmente satisfatória: é que sempre, ao anoitecer, a porta, que dava para a sala de estar, que uma ou duas horas antes costumava observar atentamente, era aberta de modo que, estendido na escuridão de seu quarto, invisível desde a sala de estar, podia ver toda a família à mesa iluminada e escutar suas conversas, como que por uma permissão de todos, isto é, de forma bem diversa que anteriormente.

Certamente, não eram mais as conversas animadas de outros tempos, nas quais Gregor sempre pensava com alguma nostalgia quando, nos pequenos quartos de hotel, tinha de se atirar, cansado, na cama úmida. Agora, tudo transcorria, na maioria das vezes, com muito sossego. O pai adormecia em sua cadeira pouco depois do jantar; a mãe e a irmã se lembravam uma à outra a manter o silêncio; a mãe, bem curvada sob a lâmpada, costurava roupas íntimas para uma loja de moda; a irmã, que tinha conseguido um emprego de vendedora, consagrava suas noites a aprender estenografia e francês, na esperança de encontrar um dia uma colocação melhor. Às vezes, o pai acordava e, como se não soubesse que tinha dormido, dizia à mãe: "Quanto tempo está costurando de novo hoje!" E logo voltava a adormecer, enquanto a mãe e a irmã sorriam cansadas, uma para a outra.

Com uma espécie de teimosia, o pai se recusava, mesmo em casa, a tirar seu uniforme de serviço; e enquanto o roupão de dormir pendia inútil no cabide, ele cochilava inteiramente vestido em sua cadeira, como se estivesse sempre pronto a prestar seu serviço e aguardasse, mesmo aqui, a voz de seu superior. Em decorrência disso, o uniforme, que afinal já não era mais novo, perdia o asseio, apesar de todos os cuidados que dele tomavam a mãe e a irmã; e Gregor contemplava muitas vezes durante noites essa roupa constelada de manchas, mas brilhante em seus botões dourados, sempre polidos, com a qual o velho dormia da maneira mais desconfortável, mas tranquila, apesar de tudo.

Quando o relógio batia dez horas, a mãe, com suaves palavras, procurava acordar o pai e depois persuadi-lo a ir para a cama, pois ali não era o lugar para um sono correto, do qual ele tinha extrema necessidade, pois que deveria retomar o serviço às seis horas. Mas com a teimosia que se havia apoderado dele desde que estava empregado, sempre insistia em ficar mais tempo à mesa, embora adormecesse regularmente e só com grande dificuldade se conseguisse convencê-lo a trocar a cadeira pela cama. A mãe e a irmã podiam até perturbá-lo com amenas exortações, mas ele sacudia lentamente a cabeça durante um quarto de hora, conservava os olhos fechados e não se levantava. A mãe o puxava pela manga, lhe dizia palavras amenas ao ouvido, a irmã deixava sua tarefa para ajudar a mãe, mas não adiantava. O pai nada mais fazia que afundar-se ainda mais na cadeira. Somente quando as mulheres o agarravam por baixo dos braços é que ele abria os olhos, fitava a mãe e a irmã alternadamente e costumava dizer: "Isso sim que é vida! Esse é o repouso de meus dias de velhice!" E apoiado nas duas mulheres, se levantava com dificuldade, como se fosse para si mesmo o maior de todos os fardos, se deixava conduzir pelas mulheres até a porta, onde lhes acenava que o largassem e prosseguia sozinho, enquanto a mãe se apressava em abandonar seus utensílios de costura e a irmã, sua caneta, para correr atrás dele e continuar a ajudá-lo.

Nessa família sobrecarregada e extenuada, quem tinha tempo para se ocupar de Gregor mais do que o estritamente necessário? O orçamento doméstico se tornou sempre mais limitado; a empregada foi finalmente dispensada; uma faxineira imensa, toda ossos, de cabelos brancos que flutuavam em volta da cabeça, vinha pela manhã e à tardinha para executar os serviços mais pesados; o resto era feito pela mãe, além de todo o trabalho de costura. Chegou-se até mesmo a vender diversas joias de família que antes a mãe e a irmã usavam com grande alegria por ocasião de festas e solenidades, como Gregor ficou sabendo uma noite, ao ouvi-los discutir sobre os ganhos auferidos.

Mas a maior queixa era sempre que esse apartamento era grande demais para a situação atual, mas que não podiam se mudar, pois não conseguiam imaginar como haveriam de remover Gregor. Mas este logo compreendeu que não era somente a consideração por ele que impedia uma mudança, pois que, na verdade, poderia ser facilmente transportado dentro de uma caixa apropriada, com alguns furos para ventilação; o que impedia principalmente a família a mudar de casa era muito mais a total falta de esperança e a ideia de que tinha sido atingida por uma desgraça sem igual em todo o círculo de seus parentes e conhecidos. Tudo o que o mundo exige de pessoas pobres, eles o seguiam rigorosamente; de fato, o pai providenciava o café da manhã para os pequenos empregados do banco, a mãe se sacrificava pelas roupas íntimas de pessoas desconhecidas, a irmã corria de cá para lá atrás do balcão para atender os desejos dos clientes, mas as forças da família não iam muito mais longe que isso. E o ferimento nas costas de Gregor recomeçou a doer como se fosse recente quando a mãe e a irmã, depois de pôr o pai na cama, retornaram, deixaram de lado seu trabalho, se aproximaram e ficaram sentadas de rostos colados; foi quando a mãe, apontando o quarto de Gregor disse:

– Feche essa porta de uma vez, Grete.

E foi então que Gregor se viu novamente no escuro, enquanto do outro lado as duas mulheres misturavam suas lágrimas ou fitavam a mesa com os olhos secos.

Gregor passava as noites e os dias quase sem dormir. Às vezes, ao abrir-se novamente a porta, pensava que iria tomar conta dos assuntos da família, exatamente como fazia antes; em seus pensamentos surgiam de novo, depois de muito tempo, o patrão e o gerente, os empregados e os aprendizes, o tapado atendente geral, dois ou três amigos de outras firmas, uma camareira de um hotel de província, lembrança agradável e fugidia, a caixa de uma chapelaria a quem ele tinha cortejado seriamente, mas muito devagar – todas essas pessoas apareciam mescladas com estranhos ou com pessoas já esquecidas, mas em vez de trazer ajuda à sua família e a ele próprio, eram totalmente inacessíveis; e ficou feliz ao vê-las desaparecer. Mas depois e de novo não sentia mais disposição alguma para cuidar da família, só sentia raiva pelo descaso com que o tratavam e, embora incapaz de imaginar o que haveria de despertar seu apetite, fazia planos, no entanto, sobre como poderia chegar até a despensa e ali apanhar o que, apesar de tudo, lhe tocava, mesmo que não tivesse fome. Agora, sem mais pensar no que poderia agradar a Gregor, a irmã empurrava às pressas com o pé para seu quarto, antes de partir para o trabalho pela manhã e depois do meio-dia, uma comida qualquer que, à noite, sem se preocupar se Gregor tinha eventualmente provado alguma coisa ou – como era o caso mais frequente – não tinha tocado, ela a arrastava para fora com uma vassourada.

A limpeza do quarto, da qual agora se ocupava sempre à tarde, não poderia ser feita mais depressa. Rastros de sujeira permaneciam ao longo das paredes, aqui e ali se aglomeravam pontos de poeira e lixo. Nos primeiros tempos, Gregor se punha, à chegada da irmã, num canto ou em outro local preciso, a fim de lhe exprimir, por essa posição, uma espécie de recriminação. Mas certamente poderia ficar assim por semanas sem que a irmã se corrigisse; ela via a sujeira tão bem quanto ele, mas simplesmente havia decidido deixá-la. Ao mesmo tempo, com uma suscetibilidade toda nova e que, na verdade, afetara a toda a família, cuidava para que a arrumação do quarto de Gregor ficasse reservada somente a ela. Certo dia, a mãe submeteu o quarto de Gregor a uma limpeza geral, que tinha exigido o emprego de vários baldes de água – a bem dizer, toda essa umidade molestou Gregor também, que ficou estirado no pequeno sofá, amargurado e imóvel –, mas o castigo para a mãe não demorou. Porque, ao anoitecer, mal a irmã notou a alteração procedida no quarto de Gregor, completamente ofendida, retornou correndo para a sala de estar e, apesar das mãos erguidas em súplica da mãe, teve uma crise de choro, a que de início os pais – o pai, naturalmente, teve um sobressalto na cadeira – assistiram estupefatos e confusos; até o momento em que, por sua vez, eles também tomaram posição; o pai recriminando, de um lado, a mãe por não ter deixado à irmã o cuidado da faxina no quarto de Gregor; e, de outro, gritava com a irmã que nunca mais teria o direito de arrumar esse mesmo aposento, enquanto a mãe tentava arrastar o pai, que de tão exaltado já não sabia onde estava, para o quarto de dormir; a irmã, acometida de soluços, maltratava a mesa com seus pequenos punhos; e Gregor, cheio de raiva, assobiava com força porque ninguém tivera a ideia de fechar a porta e poupá-lo desse espetáculo e desse barulho.

Mas ainda que a irmã, extenuada por causa de seu trabalho profissional, estivesse enfastiada de cuidar de Gregor como antes, de forma alguma teria sido necessário que a mãe a substituísse e, assim mesmo, Gregor não teria sido relegado à negligência. Afinal de contas, havia agora a faxineira. Essa viúva idosa que, sem dúvida, no decorrer de sua longa vida, deveria ter superado, em função de sua vigorosa estrutura óssea, as provas mais rudes, não sentia propriamente repulsa à vista de Gregor. Sem ser de modo algum curiosa, uma vez, ao acaso, tinha aberto cautelosamente a porta do quarto e, ao ver Gregor que, colhido de surpresa, começou a correr em todas as direções, embora ninguém o perseguisse, ela havia ficado plantada, admirada, de mãos cruzadas no colo. Desde então, nunca mais deixava, pela manhã e à tardinha, de entreabrir por instantes a porta e lançar um rápido olhar a Gregor. No início, ela também o chamava para junto de si, com palavras que ela provavelmente julgava amistosas, como "Venha cá, seu velho de um bicho sujão!" ou "Vejam só esse velho bicho sujão!" A semelhantes chamados Gregor nada respondia, mas ficava imóvel em seu lugar, como se a porta não tivesse sido aberta. Em vez de deixar essa faxineira importuná-lo por nada para satisfazer seus caprichos, teria sido preferível pedir-lhe que fizesse a faxina do quarto todos os dias! Certa manhã, bem cedo – uma chuva violenta batia nas vidraças, talvez um sinal da primavera que se aproximava –, Gregor ficou a tal ponto irritado ao ouvir a mulher recomeçar com suas expressões costumeiras que ele fez menção de avançar, embora de forma lenta e vacilante, contra ela. Mas a faxineira, em vez de ficar com medo, contentou-se em apanhar e erguer uma cadeira que se encontrava perto da porta e ficou parada, de boca aberta, com a evidente intenção de não fechá-la senão quando a cadeira tivesse desabado sobre as costas de Gregor. "Então, não vai avançar mais?", perguntou ela, enquanto Gregor dava meia-volta e ela pousou calmamente a cadeira no canto.

Gregor já não comia quase mais nada. Só mesmo quando, ao passar por acaso perto da comida posta para ele, tomava por brincadeira um bocado, conservava-o na boca durante horas e depois, na maioria das vezes, o cuspia. Pensou primeiramente que era por causa da tristeza pelo estado de seu quarto que o deixava sem vontade de comer, mas foi precisamente com as modificações de seu quarto que ele se habituara bem depressa. Haviam se acostumado a colocar naquele quarto coisas que não podiam deixar em outro lugar, e já havia muitas delas despejadas ali, uma vez que tinham alugado um cômodo do apartamento a três inquilinos. Esses senhores austeros – os três usavam barba, como Gregor constatou um dia por uma porta entreaberta – eram implicantes em questão de ordem, não somente no quarto deles, mas em toda a casa, uma vez que, afinal de contas, eles moravam nela; e, de modo particular, na cozinha. Não suportavam coisas inúteis e, muito menos, sujas. Além do mais, eles tinham trazido quase tudo o de que necessitavam. Por esse motivo é que se haviam tornado supérfluas muitas coisas que, na verdade, não se pretendia vendê-las, mas tampouco jogá-las fora. Todas foram entulhadas no quarto de Gregor. Até mesmo a lata de cinzas e a lata de lixo da cozinha. Tudo o que não tinha serventia no momento, a faxineira, sempre com muita pressa, arremessava simplesmente no quarto de Gregor; felizmente, Gregor, na maioria das vezes, só via o objeto em questão e a mão que o segurava. A faxineira talvez tivesse a intenção de, algum dia e oportunamente, voltar a procurar esses objetos ou mesmo de jogá-los fora todos de uma vez; mas, de fato, continuavam no local onde haviam sido jogados e ali permaneciam, salvo quando Gregor se enfiava no meio de todo esse entulho e o deslocava, primeiro por necessidade, porque não havia outro lugar livre para rastejar, mais tarde, no entanto, cada vez mais por simples prazer, embora no fim dessas peregrinações, morto de cansaço e triste, não se movesse mais durante horas.

Como às vezes os inquilinos também jantavam em casa, na sala de estar comum, a porta desta ficava seguidamente fechada; mas Gregor se resignou a isso sem problemas e por não poucas noites, em que estivera aberta, ele não tinha tirado proveito, ao contrário, sem que a família percebesse, tinha ficado deitado no canto mais escuro do quarto. Um dia, contudo, a faxineira havia deixado a porta para a sala de estar entreaberta e assim permaneceu quando os inquilinos entraram à noite e a luz foi acesa. Eles se sentaram na ponta da mesa, nos lugares antes ocupados pelo pai, pela mãe e por Gregor, desdobraram seus guardanapos e tomaram garfo e faca. Logo a mãe apareceu à porta com uma travessa de carne e, atrás dela, a irmã com um prato repleto de batatas. Desses pratos subia um vapor fumegante. Os inquilinos se inclinaram sobre os pratos postos na frente deles, como que para examiná-los antes de provar e, de fato, o senhor que estava sentado no meio e que parecia ser uma autoridade perante os dois outros, cortou um pedaço de carne na própria travessa, exatamente para se assegurar se estava bem cozida ou se, talvez, não tivesse de ser mandada de volta para a cozinha. Ficou satisfeito, e a mãe e a irmã, que o haviam observado ansiosas, começaram a sorrir, respirando aliviadas.

A família comia na cozinha. Apesar disso, o pai, antes de se dirigir à cozinha, entrou na sala de estar, fez uma única inclinação e deu uma volta ao redor da mesa, de quepe na mão. Os inquilinos se levantaram ao mesmo tempo e sussurraram qualquer coisa entre suas barbas. Uma vez sozinhos, comeram num silêncio quase total. Gregor achou singular que, entre os muitos ruídos do ato de comer, se sobressaíssem continuamente o dos dentes mastigando, como se com isso se quisesse mostrar a ele que é preciso ter dentes para comer e que não se poderia fazer nada com mandíbulas sem dentes, por mais belas que fossem. "Mas eu estou com apetite", dizia para si mesmo Gregor, preocupado, "mas não por essas coisas. Como esses inquilinos comem, e eu aqui morrendo de fome!"

Precisamente nessa noite – Gregor não se lembrava de ter ouvido o violino durante todo esse tempo – o som do instrumento ecoou na cozinha. Os inquilinos já tinham terminado de jantar; o do meio tinha tirado do bolso um jornal e tinha dado uma folha a cada um dos outros; e os três, recostados nas cadeiras, liam e fumavam. Quando o violino começou a tocar, apuraram os ouvidos, se levantaram e, na ponta dos pés, se dirigiram para a porta da antessala, onde ficaram de pé, um encostado no outro. Deviam tê-los ouvido da cozinha, pois o pai exclamou:

– A música talvez importuna os senhores? Pode ser interrompida imediatamente.

– Pelo contrário – disse o senhor do meio. – Será que a senhorita não gostaria de vir aqui conosco e tocar nesse cômodo, que é muito mais confortável e aconchegante?

– Oh! pois não! – exclamou o pai, como se fosse ele o violinista.

Os homens voltaram para a sala e ficaram à espera. Logo chegou o pai com a estante, a mãe com a partitura e a irmã com o violino. Esta última preparou tudo calmamente para tocar; os pais, que nunca tinham alugado um cômodo antes e por isso exageravam em cortesias para com os inquilinos, não se permitiram sentar nas próprias cadeiras; o pai se encostou na porta, com a mão direita enfiada entre dois botões do casaco do uniforme, que mantinha abotoado; mas um dos senhores ofereceu à mãe uma cadeira e, como a deixou no local onde ele a havia posto ao acaso, ela ficou sentada mais afastada, num canto.

A irmã começou a tocar; o pai e a mãe acompanhavam atentamente, cada um de um lado, os movimentos das mãos dela. Gregor, atraído pela música, se havia arriscado a avançar um pouco e já estava com a cabeça dentro da sala de estar. Não se surpreendia nem um pouco de ter tão pouca consideração para com os outros, nesses últimos tempos; antes, essa consideração tinha sido seu orgulho. E, no entanto, deveria ter agora mais motivo para se esconder, pois, por causa do pó, que havia em toda parte em seu quarto e que voava ao menor movimento, ele também estava inteiramente coberto de poeira; em suas costas e nos flancos, arrastava com ele fios, cabelos, restos de comida; sua indiferença diante de tudo era demasiadamente grande para se virar de costas e se esfregar no tapete, como fazia antes, diversas vezes ao dia. E, apesar desse estado, não sentiu nenhum constrangimento em se arrastar um pouco mais para frente sobre o assoalho imaculado da sala de estar.

De resto, ninguém prestava atenção nele. A família estava totalmente absorvida pelo violino; os inquilinos, em contrapartida, que de início se haviam colocado, de mãos nos bolsos das calças, perto demais da irmã, logo atrás da estante da partitura, de tal modo que todos podiam ver as notas, o que certamente devia atrapalhar a irmã, logo recuaram de cabeça baixa até a janela, conversando a meia-voz, e ali ficaram, apreensivamente observados pelo pai. Realmente, isso agora tinha a aparência bem nítida de que estavam decepcionados em sua expectativa de ouvir uma bela música ao violino ou capaz de entreter, e de que estavam fartos de toda a exibição e, por pura cortesia, ainda se deixavam perturbar em seu sossego. Em particular, a maneira com que sopravam a fumaça de seus charutos para o alto, pelo nariz e pela boca, demonstrava o grande nervosismo deles. E, no entanto, a irmã tocava tão bem! Mantinha o rosto inclinado para o lado, seu olhar seguia atento e triste as linhas da pauta. Gregor avançou mais um pouco à frente e mantinha a cabeça rente ao chão, a fim de possivelmente atrair o olhar da irmã. Ele era um animal, visto que a música o comovia tanto? Era como se lhe assinalasse o caminho que conduzia ao alimento desconhecido que tanto desejava. Estava decidido a chegar até a irmã, puxá-la pela saia e lhe sugerir com isso que ela deveria ir a seu quarto com o violino, pois ninguém aqui dava valor à sua música como ele saberia fazer. Não a deixaria mais sair de seu quarto, pelo menos enquanto ele vivesse; pela primeira vez, sua aparência assustadora haveria de lhe servir; queria estar ao mesmo tempo em todas as portas do quarto e bufar contra os agressores; a irmã não deveria ficar com ele por obrigação, mas voluntariamente; deveria permanecer ao lado dele, sentada no sofá, haveria de baixar o ouvido até ele e então queria lhe confiar que tivera a firme intenção de enviá-la ao conservatório e que, se nesse meio tempo não tivesse ocorrido a desgraça, teria contado isso a todos no último Natal – será que o Natal já havia mesmo passado? – sem se preocupar com quaisquer objeções. Depois dessa explicação, a irmã, enternecida, se desmancharia em lágrimas, e Gregor se ergueria até seus ombros e beijaria o pescoço dela que, desde que passara a trabalhar na loja, o conservava desnudo, sem fita ou colar.

– Senhor Samsa! – gritou o homem do meio para o pai e, sem perder mais uma palavra, apontava com o indicador para Gregor que se movia lentamente para frente.

O violino emudeceu, o inquilino do meio primeiramente sorriu para seus amigos, meneando a cabeça, e depois se voltou novamente para Gregor. O pai parecia julgar mais urgente acalmar os inquilinos do que expulsar Gregor, embora estes não se mostrassem de modo algum sobressaltados e davam a impressão de que Gregor os divertia mais que o violino. Ele se precipitou na direção deles e, de braços abertos, procurou fazê-los recuar para o quarto e, ao mesmo tempo, impedi-los, com seu corpo, de continuar olhando para Gregor. Então eles ficaram realmente um pouco alterados, sem que se soubesse muito bem se era por causa do comportamento do pai ou porque descobriam agora que tinham, sem saber, um vizinho de quarto como Gregor. Exigiam explicações do pai, levantavam por sua vez os braços, puxavam nervosamente as barbas e só lentamente recuavam em direção do quarto. Entrementes, a irmã tinha superado o alheamento em que havia mergulhado após a brusca interrupção de sua exibição e, depois de ter ficado por algum tempo com o violino e o arco nas mãos pendentes, continuando a olhar a partitura como se ainda estivesse tocando, se havia recomposto de repente, tinha pousado o instrumento sobre os joelhos da mãe, que estava ainda sentada em sua cadeira com dificuldades de respiração e com os pulmões arfando intensamente, e tinha corrido para o cômodo contíguo, do qual os inquilinos, sob a pressão do pai, já se aproximavam mais rapidamente que antes. Sob as mãos ágeis da irmã, viu-se então como voavam para o alto e se ordenavam as cobertas e os travesseiros das camas.

Antes que os senhores tivessem entrado no quarto, ela tinha terminado a arrumação e se esgueirado para fora. O pai parecia outra vez dominado de tal forma por sua teimosia que acabou esquecendo todo o respeito que ainda devia a seus inquilinos. Pressionava-os e continuava a pressioná-los, até que, já na porta do quarto, o senhor do meio bateu o pé com um barulho estrondoso e, desse modo, fez o pai parar.

– Declaro com isso – disse ele, erguendo a mão e procurando com o olhar também a mãe e a irmã – que, dadas as condições revoltantes que reinam nessa casa e nessa família – nisso, cuspiu rápida e decididamente no chão –, desisto imediatamente de meu quarto. É escusado dizer que, mesmo pelos dias em que aqui permaneci, não vou pagar o mínimo que seja; pelo contrário, ainda vou pensar se não vou apresentar contra o senhor algumas reclamações que – acredite-me – serão muito fáceis de fundamentar.

Calou-se e olhou diretamente para frente, como se esperasse alguma coisa. De fato, seus dois amigos logo intervieram, dizendo:

– Nós também vamos partir imediatamente.

Depois disso, ele agarrou a maçaneta e bateu a porta com força.

O pai cambaleou até a cadeira, tateando com as mãos, e nela se deixou cair; parecia que se estirava para um de seus habituais cochilos do anoitecer, mas o intenso meneio da cabeça oscilante mostrava que não dormia de forma alguma. Durante todo esse tempo, Gregor se havia mantido imóvel no local onde os inquilinos o haviam surpreendido. A decepção de ver o fracasso de seu plano, mas talvez também a fraqueza resultante de seu longo jejum, o impossibilitavam de se mover. Com certa clareza, temia que, de um momento a outro, tudo iria desmoronar sobre ele e ficou aguardando. Nem mesmo o violino o sobressaltou, o qual, escapando dos dedos trêmulos da mãe, caiu de seu colo e ressoou ruidosamente no chão.

– Queridos pais – disse a irmã, batendo a mão sobre a mesa, à guisa de introdução –, assim não pode mais continuar. Se vocês talvez não compreendem, eu compreendo. Não quero pronunciar, diante desse monstro, o nome de meu irmão e, portanto, digo somente o seguinte: devemos tentar nos desembaraçar dele. Temos procurado fazer tudo o que é humanamente possível para cuidar dele e suportá-lo e acredito que ninguém pode nos fazer a menor censura.

– Ela tem toda a razão – disse o pai para si mesmo.

A mãe, que ainda não conseguia retomar seu fôlego direito, começou a tossir na mão aberta, em som surdo, e com uma expressão de alienação nos olhos.

A irmã correu para ela e lhe soergueu a testa. Suas palavras pareciam ter aclarado as ideias do pai, pois se endireitou em sua cadeira e passou a brincar com o quepe de empregado entre os pratos do jantar dos inquilinos, que estavam ainda sobre a mesa, e olhava, de vez em quando, para o impassível Gregor.

– Devemos tentar nos livrar disso – disse a irmã, dirigindo-se dessa vez somente ao pai, pois a mãe, com sua tosse, não ouvia nada. – Ele vai acabar por matar a vocês dois, vejo esse momento se aproximando. Quando temos de trabalhar tão duro, como todos nós, não podemos, ainda por cima, suportar em nossa casa esse eterno tormento. Já não aguento mais.

E prorrompeu em choro tão copiosamente que suas lágrimas escorriam sobre o rosto da mãe, que as enxugava com movimentos mecânicos da mão.

– Filha – disse o pai compassivo e com visível compreensão –, mas o que devemos fazer?

A irmã se contentou em dar de ombros como sinal da perplexidade que se havia apoderado dela durante o choro, em contraste com sua segurança de pouco antes.

– Se ele nos compreendesse – disse o pai, como se pretendesse fazer uma pergunta; no meio de seu choro, a irmã agitou violentamente a mão para mostrar que não se podia mais pensar nisso.

– Se ele nos compreendesse – repetiu o pai e, fechando os olhos, admitiu a convicção da irmã sobre essa impossibilidade –, então um acordo talvez fosse possível com ele. Mas nessas condições...

– É preciso que se vá – exclamou a irmã –, é o único meio, pai. É preciso somente que o senhor se livre da ideia de que é Gregor. Nós acreditamos nisso por tanto tempo e é exatamente nisso que reside nossa infelicidade. Mas como é que essa coisa pode ser Gregor? Se fosse ele, teria compreendido há muito tempo que o convívio de seres humanos com semelhante animal não é possível e teria partido espontaneamente. A partir de então, não teríamos irmão, mas poderíamos continuar vivendo e honrar a memória dele. Mas assim, esse animal nos persegue, expulsa os inquilinos, pretende claramente ocupar todo o apartamento e nos fazer pernoitar na rua. Veja só, pai – gritou ela, bruscamente –, aí está ele começando de novo!

E com um medo totalmente incompreensível para Gregor, a irmã abandonou até mesmo a mãe, afastando-se literalmente para longe de sua cadeira, como se preferisse sacrificar a mãe do que ficar perto de Gregor, e correu a se refugiar atrás do pai que, unicamente perturbado pelo comportamento dela, se levantou também e estendeu os braços pela metade como que para protegê-la.

Mas Gregor não tinha a menor intenção de causar medo a ninguém, muito menos à irmã. Tinha simplesmente começado a se voltar para retornar para seu quarto e isso realmente chamava a atenção, uma vez que era obrigado, por causa de seu estado doentio, a fazer manobras delicadas, ajudando-se com a cabeça, que erguia e apoiava no chão alternadamente. Parou e olhou em derredor. Suas boas intenções pareciam ter sido compreendidas; tinha sido apenas um susto passageiro. Agora todos o olhavam em silêncio e tristes. A mãe estava recostada na cadeira, de pernas estendidas e juntas, e os olhos quase fechados de esgotamento; o pai e a irmã estavam sentados lado a lado; a irmã apoiava a mão no pescoço do pai.

"Agora, talvez, eu já possa me virar", pensou Gregor, recomeçando seu trabalho. Em seu esforço, não podia evitar respirar ruidosamente e precisava, aqui e acolá, parar para descansar. De resto, ninguém o pressionava, deixavam-no fazer tudo sozinho. Quando havia completado uma volta, começou logo seu trajeto de retorno em linha reta. Admirou-se pela grande distância que o separava de seu quarto e não conseguia entender como, momentos antes e apesar da fraqueza, tinha percorrido o mesmo caminho quase sem se dar conta. Sempre e unicamente pensando em rastejar depressa, mal prestou atenção ao fato de que nenhuma palavra, nenhuma exclamação de sua família vinha perturbá-lo. Foi somente quando chegou à porta do quarto que virou a cabeça, mas não completamente, pois sentia seu pescoço enrijecer-se; mesmo assim, pôde ver ainda que atrás dele nada havia mudado; apenas a irmã tinha se levantado. Seu último olhar parou na mãe, que agora estava completamente adormecida.

Mal se viu dentro do quarto, a porta foi batida com a maior pressa, fechada à chave e travada. Esse barulho inopinado por trás assustou tanto a Gregor que suas perninhas se dobraram. Fora a irmã que assim se havia precipitado. Ela já ficara de pé antes e havia esperado o momento; depois havia corrido para longe, na ponta dos pés. Gregor não a havia escutado chegar e, ao girar a chave na fechadura, ela gritou para seus pais um "finalmente!"

"E agora?", perguntou-se Gregor, olhando ao redor dele no escuro. Logo descobriu que agora não conseguia mais se mover. Não ficou surpreso com isso; pareceu-lhe antes pouco natural que tivesse conseguido até agora se impulsionar com essas perninhas frágeis. Além disso, sentia-se relativamente confortável. Na verdade, tinha dores pelo corpo inteiro, mas tinha a impressão que haveriam de se tornar cada vez mais fracas e que, finalmente, haveriam de cessar totalmente. A maçã podre em suas costas e a região inflamada em torno dela, inteiramente cobertas por uma camada de poeira umedecida, quase não as sentia. Voltou a pensar na família com emoção e amor. Sua ideia de que deveria desaparecer era ainda mais definitiva, se possível, que a da irmã. Permaneceu nesse estado de reflexão vazio e pacífico até que o relógio da torre tocou três horas da madrugada. Viu ainda a claridade geral que começava a se espargir diante da janela, do lado de fora. Depois, sem qualquer reação, sua cabeça tombou completamente e de suas narinas saiu seu último e fraco suspiro.

Quando a faxineira chegou de manhã cedo – por mais que já lhe tivessem pedido que não o fizesse, batia com tanta força e pressa todas as portas que, desde sua chegada, não era mais possível ter um sono tranquilo na casa inteira –, de início, não descobriu nada de particular em sua breve e habitual visita a Gregor. Pensou que era de propósito que ficava assim imóvel e que fazia o papel de ofendido, pois estava convencida de que ele gozava de pleno entendimento. Como estivesse casualmente segurando nas mãos a vassoura comprida, tentou cutucar Gregor desde a porta. Como isso também não deu resultado, ela se irritou, lhe deu um empurrão de leve e foi somente quando o deslocou, sem encontrar resistência, que prestou mais atenção. Ao constatar a verdade dos fatos, arregalou os olhos, deu um assobio, mas não ficou ali muito tempo; pelo contrário, escancarou a porta do quarto de dormir e gritou em voz alta escuridão adentro:

– Venham só ver uma coisa, ele morreu; está ali no chão, morto e mais que morto!

O casal Samsa ficou sentado na cama, tentando se refazer do susto que a faxineira lhe causara, antes que chegasse a entender o comunicado que transmitia. Mas depois, o senhor e a senhora Samsa, cada um de seu lado, deixaram a cama o mais rápido possível; o senhor Samsa jogou o cobertor por sobre os ombros e a senhora Samsa saiu de roupão; foi desse modo que entraram no quarto de Gregor. Nesse meio tempo, foi aberta também a porta da sala de estar, onde Grete dormia desde a instalação dos inquilinos; estava completamente vestida, como se não tivesse dormido; a palidez de seu rosto parecia comprová-lo.

– Morto? – disse a senhora Samsa, erguendo um olhar interrogativo para a faxineira; embora ela própria pudesse constatá-lo e até mesmo reconhecer o fato, sem necessidade de verificação.

– É o que estou querendo dizer – replicou a faxineira e, como prova, empurrou o cadáver de Gregor com a vassoura mais um longo trecho para o lado.

A senhora Samsa fez um movimento, como se quisesse segurar a vassoura, mas se deteve.

– Pois bem – disse o senhor Samsa –, agora podemos dar graças a Deus.

Ele se persignou e as três mulheres seguiram-lhe o exemplo. Grete, que não tirava os olhos do cadáver, disse:

– Vejam só como estava magro. Fazia realmente muito tempo que não comia nada. Assim como a comida entrava no quarto, assim também saía.

De fato, o corpo de Gregor estava completamente plano e seco; na verdade, só agora se davam conta disso, uma vez que não estava mais soerguido pelas perninhas e nada mais distraía o olhar.

– Grete, venha por um breve instante em nosso quarto – disse a senhora Samsa com um sorriso melancólico; e Grete, não sem deixar de se voltar ainda uma vez para o cadáver, seguiu os pais até o quarto de dormir.

A faxineira fechou a porta e abriu completamente a janela. Embora fosse de manhã cedo, ao ar fresco já se misturava um pouco de tepidez. Afinal, já era fim de março.

Os três inquilinos saíram do quarto e, perplexos, olharam em volta à procura de seu café da manhã; tinham sido esquecidos.

– Onde está o café da manhã? – perguntou à faxineira, em tom arrogante, o senhor do meio.

Mas esta levou o dedo à boca e depois, apressada e sem dizer palavra, acenou aos senhores para que fossem até o quarto de Gregor. Eles foram e, com as mãos nos bolsos de seus casacos um tanto surrados, se acercaram do cadáver de Gregor no cômodo já totalmente iluminado.

Então a porta do quarto de dormir se abriu e o senhor Samsa apareceu, de uniforme, de braços dados com a mulher de um lado e a filha, do outro. Via-se que os três haviam chorado; de vez em quando Grete apoiava o rosto no braço do pai.

– Deixem imediatamente minha casa – disse o senhor Samsa e apontou para a porta, sem se desvencilhar das mulheres.

— O que o senhor quer dizer com isso? — perguntou o senhor do meio, um pouco embaraçado e sorriu docemente.

Os dois outros mantinham as mãos atrás das costas e as esfregavam sem cessar, como se esperassem alegremente por uma grande altercação, mas que só podia pender em favor deles.

— Significa exatamente o que acabo de dizer — respondeu o senhor Samsa e avançou em linha com suas duas acompanhantes ao encontro do inquilino.

Este, de início, ficou parado, olhando para o chão, como se em sua cabeça as coisas estivessem se dispondo em nova ordem.

— Bem, então vamos partir — disse ele em seguida, erguendo os olhos para o senhor Samsa, como se, num repentino acesso de humildade, procurasse nova aprovação para essa determinação.

O senhor Samsa se contentou em acenar várias vezes e brevemente com a cabeça, arregalando os olhos. Diante disso, esse senhor caminhou efetivamente, a passos largos, para a antessala; seus dois amigos, que há uns momentos já tinham as mãos quietas e os ouvidos alertas, saltitaram sem cerimônia atrás dele, como que temendo que o senhor Samsa os precedesse na antessala e comprometesse o contato deles com o chefe. Nesse cômodo, os três apanharam seus chapéus e bengalas dos locais apropriados, se inclinaram em silêncio e deixaram o apartamento. Numa desconfiança que se revelou totalmente infundada, o senhor Samsa caminhou com as duas mulheres até o vestíbulo; apoiados no corrimão, ficaram observando os três senhores descerem, na verdade lentamente, mais sem parar, a longa escada; e os viam desaparecer em cada andar, em determinada curva da escadaria, para ressurgir depois de alguns instantes; mais eles desciam, mais diminuía o interesse da família Samsa por eles; e quando um entregador de carne passou por eles, subindo num porte altivo e com a encomenda na cabeça, o senhor Samsa largou de vez, junto com as mulheres, o corrimão e todos retornaram, como que aliviados, ao apartamento.

Decidiram consagrar o dia ao repouso e ao passeio; não só mereciam como também sentiam a absoluta necessidade dessa interrupção do trabalho. Puseram-se então à mesa e os três passaram a escrever cartas de desculpas; o senhor Samsa à direção da empresa; a senhora Samsa, a seu empregador; e Grete, ao dono da loja. Enquanto escreviam, a faxineira entrou para dizer que ia embora, pois seu trabalho da manhã tinha terminado. De início, os três se contentaram em menear a cabeça, sem erguer os olhos; mas como a faxineira não fazia menção de se retirar, eles a fitaram irritados.

– E então? – perguntou o senhor Samsa.

A faxineira estava plantada, sorrindo, junto à porta, como se tivesse uma grande felicidade a comunicar à família, mas que não o faria a não ser que lhe perguntassem a respeito em pormenores. A pequena e aprumada pena de avestruz afixada em seu chapéu, com a qual o senhor Samsa já se irritara desde que ela entrara a seu serviço, oscilava levemente em todas as direções.

– Mas o que é que a senhora está querendo? – perguntou a senhora Samsa, por quem a faxineira ainda tinha o maior respeito.

– Sim – respondeu ela, que não conseguia mais falar por causa do riso amigável –, quanto ao fato de se desembaraçar da coisa que está aí ao lado, a senhora não precisa se preocupar. Já está tudo em ordem.

A senhora Samsa e Grete se inclinaram sobre suas cartas, como se quisessem continuar escrevendo; o senhor Samsa, percebendo que a faxineira queria agora descrever tudo em minúcias, repeliu isso estendendo incisivamente a mão. Como não obteve permissão para contar, ela se lembrou de que estava com muita pressa e, evidentemente, ofendida, disparou:

— Até logo para todos. — Virou-se acintosamente e deixou o apartamento sob formidáveis batidas de portas.

— Hoje à noite, será despedida — disse o senhor Samsa, mas sem obter resposta da mulher nem da filha, pois a faxineira parecia ter novamente perturbado a serenidade que mal tinham recuperado. Levantaram-se, foram à janela e ali ficaram abraçadas. O senhor Samsa, de sua cadeira, se virou para elas e as observou por breves momentos em silêncio. Depois clamou:

— Vamos, venham para cá um pouco. Deixem de uma vez por todas o que já passou. E tenham um pouco de consideração também para comigo.

As mulheres logo cederam, correram para ele, cobriram-no de carícias e terminaram rapidamente suas cartas.

Depois os três deixaram juntos o apartamento, o que não acontecia havia meses, e tomaram o bonde elétrico para tomar ar fora da cidade. O vagão, em que ficaram sentados sozinhos, estava totalmente inundado pelo sol ardente. Confortavelmente acomodados em seus bancos, conversaram sobre as perspectivas do futuro e, examinando-as mais de perto, pareceu-lhes que não eram totalmente más, pois os três tinham empregos excelentes e bem promissores, e sobre os quais nunca haviam feito, de fato, perguntas detalhadas um ao outro. A principal melhoria imediata de sua situação resultaria naturalmente de uma mudança de residência; queriam agora um apartamento menor e mais barato, mais bem situado e, de modo particular, mais prático que o atual, que tinha sido escolhido por Gregor. Enquanto assim conversavam, o senhor e a senhora Samsa, à vista da filha que se animava cada vez mais, pensaram quase simultaneamente que, nesses últimos tempos, apesar dos transtornos que tinham feito empalidecer suas faces, ela havia desabrochado e havia se tornado uma exuberante moça. Cada vez mais silenciosos e trocando quase involuntariamente olhares significativos, pensaram que já era tempo de lhe arranjar um bravo jovem como marido. E para eles foi como a confirmação desses novos sonhos e dessas boas intenções quando, no final da viagem, a filha se levantou em primeiro lugar e distendeu seu jovem corpo.

Impressão e Acabamento
Gráfica Oceano

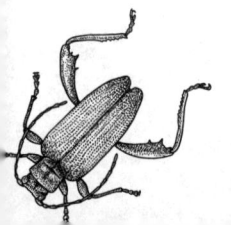